जिसका अन्त नहीं

राजनीतिक शोषण का बखान करता उपन्यास

जिसका अन्त नहीं

राजनीतिक शोषण का बखान करता उपन्यास

राजेन्द्र दानी

वाणी प्रकाशन

वाणी प्रकाशन

4695, 21-ए, दरियागंज, नयी दिल्ली 110 002

फ़ोन : +91 11 23273167 फ़ैक्स : +91 11 23275710

शाखाएँ

अशोक राजपथ, पटना 800 004, बिहार

कॉफ़ी हाउस कैम्पस, महात्मा गांधी मार्ग, इलाहाबाद 211 001, उत्तर प्रदेश

महात्मा गांधी अन्तरराष्ट्रीय हिन्दी विश्वविद्यालय, वर्धा 442 001, महाराष्ट्र

सुल्तानिया रोड, मोतिया पार्क, भोपाल 462 001, मध्य प्रदेश

www.vaniprakashan.com
marketing@vaniprakashan.in
sales@vaniprakashan.in

Jiska Ant Nahin
by Rajendra Dani

ISBN : 978-93-5518-181-7
Novel

प्रथम संस्करण 2022

मूल्य : ₹ 299

आर. टेक ऑफ़सेट प्रिंटर्स, दिल्ली-110032 में मुद्रित

वाणी प्रकाशन का लोगो मक़बूल फ़िदा हुसेन की कूची से

इस दुनिया में अगाध प्रेम छोड़ गयी
मेरी जीवनसंगिनी सविता की स्मृति को
जिसके सहारे ही शेष जीवन है

शायद अभिशाप, नियति, विडम्बना और न जाने कितने ही इनके पर्यायवाची शब्दों का आविष्कार हुआ होगा इसी तरह की कई कहानियों के बाद।

निकट अतीत में इतनी धुन्ध नहीं थी जितनी कि अब है। एक आदमी दूसरे को पहचान लेता था थोड़ी बहुत कठिनाइयों के बाद। पर यह बेहद दिलचस्प है कि उस वक़्त भी यदा–कदा ऐसे आदमी का मिल जाना आश्चर्यजनक था जो प्रशिक्षित होता आया था अपनी पहचान को गुम रखने में, भ्रम को खड़ा रखने में और दूसरे की तरह का दिखने में। अपनी विश्वसनीयता को लगातार बनाये रखने में, अपने हथियारों और उनके वारों को छिपाये रखने में। अपनी लोलुपता को उदारता में, अपनी वासना को स्नेह में, अपनी हिंसा और घृणा को प्रेम में और अपनी पशुता को मनुष्यता में छिपाए रखने की अटूट क्षमता ऐसे आदमी को कैसे मिली होगी कहना मुश्किल है। पर मिली तो थी ही। अगर ये सारी क्षमताएँ मनुष्य विरोधी हैं तो इनका तोड़ क्या है यह कोई नहीं जानता था और आज भी नहीं जानता है।

परिस्थितियाँ घेरती हैं इसलिए ऐसा हो जाता है नहीं तो कैसे होता। इसके विरुद्ध कोई जायज़ संघर्ष की दास्तान नहीं है। ओछी, उथली प्रतिस्पर्धा, ईर्ष्या जनित प्रतियोगिता, दुश्मनी, वैमनस्यता इत्यादि

ही कारगर होती हैं जब ऐसा होता है। लेकिन तब भी सच छिपा रहता है। अलग–अलग लोगों के लिए अलग–अलग सच ही सामने आता है। लेकिन कोई अपना सच जब दूसरे को बताता है तो उसका सच 'अपने' के सच से मेल नहीं खाता। तो वह सच कैसे हो सकता है? सच तो वही होता है जो सबको एक जैसा दिखता हो, एक जैसा पता हो। जैसे मृत्यु। उसका ज्ञान सबके लिए ही एक जैसा है। पर विडम्बना यह है कि इस सच को भी भुलाकर ही जिया जा सकता है। इसलिए इस समय में लोग जी रहे हैं। पता नहीं इतिहास, जो अभी भी उपलब्ध है, में विद्वानों ने, मनीषियों ने, सन्तों ने, आस्तिकों ने, नास्तिकों ने, लगभग सभी ने इसको याद रखने की ज़रूरत पर बल दिया है पर समाज विस्मृति प्रधान है, वह जी रहा है। कोई दर्शन नहीं है, सिर्फ़ तथ्य हैं और वही–वही हैं। प्रखर विद्वता और चेतना, श्रम साधना और कौशल, वीरता और बुद्धिमत्ता इत्यादि इत्यादि गुण सारे धनार्जन में सन्नद्ध हैं। अब जब यही सच है तो क्या होगा या क्या होता है। इसको जानने के प्रयास में लगे तो सफल नहीं होंगे। 'होंगे' की राह में हज़ार–हज़ार रोड़े हैं। अब पता नहीं यहाँ के अन्वेषण में कितने रोड़ें आते हैं देखते चलिएगा।

❐

क्या भव्य व्यक्तित्व है और क्या ऊर्जा है! क्या रहन–सहन है और क्या आचरण है! क्या विनम्रता है और क्या सदाशयता है! क्या संवेदनशीलता है और क्या सहनशीलता है! क्या ऊष्मा है और क्या नमी है! और यह भी कि क्या पारदर्शिता है। ये सब एक आदर्श की तरह उसमें था। उसके हज़ारों मातहत थे जिनके चेहरे उसे देखते ही चमक उठते थे। उसके इन सारे गुणों की वजह से उनके चेहरे गर्व से भी भर उठते थे। अब ऐसा उच्च अधिकारी मिल गया था तो यह तो होना ही था और सच में लगातार ऐसा हो रहा था। उसे इसकी ख़बर थी। नहीं भी होती तो उसके आस–पास जो उसके

मातहत अधिकारी थे, जिनकी पूँछें वह देख लेता पर उन्हें ख़ुद नहीं दिखती थीं, पूरे वक़्त बताते रहते थे कि ''सर आपकी ऐसी इमेज है कर्मचारियों के बीच कि वह अभूतपूर्व है, वे आपके लिए श्रद्धा से भरे रहते हैं, कमाल है सर यह तो।''

वह यह सुनकर मुस्कुरा देता था, ऐसी मुस्कान जो अन्दर से ख़ुद की पीठ थपथपाती थी पर ऊपर से विनम्र और उदार दिखती थी। वह साँवला था थोड़ी चौड़ी नाक और बेतरतीब और घनी मूँछों वाला था। उसकी तोंद बिल्कुल नहीं थी। जबकि पचास साल की उम्र का हो चुका था। शराब वह पीता था पर किसी को पता नहीं चलता था कि कब? पता तभी चलता था जब उच्चाधिकारियों का शासकीय प्रतिनिधियों के साथ कोई सम्मेलन हो, उसमें भी एक सीमा के बाहर कभी नहीं, गाफिल होने तक कभी नहीं। एकदम सतर्क रहकर। उसके दिखते नहीं थे पर खड़े रहते थे कान। चौकोर मोटे लैंस का चश्मा उसे न देखते हुए भी सब दिखाता रहता था। उसकी भी थी पूँछ पर दिखती नहीं थी, सबको तो कतई नहीं। वह जानता था कि है पर किसी ने देखी नहीं थी। फिर एक बार प्रान्त के मुखिया ने देख ली थी और उसने न दिखाने के अभिनय के साथ उसे दिखाई थी। नहीं दिखाई होती तो वह कभी नहीं हो पाता जो होने को था और बाद में हो भी गया था क्योंकि प्रान्त के मुखिया को तो वह छिपाने पर भी दिखती रहती थी।

उसके पीछे निकल आयी पूँछ को प्रान्त के मुखिया के द्वारा देख लेने की बहुत ही दिलचस्प कहानी है। लिप्सा, लालच, महत्त्वाकांक्षा और दूसरे की लकीर को छोटी करके अपनी लकीर को बड़ा करने वाली प्रवृत्तियों ने यह होने दिया। अबके समय में जासूसी का स्वतः स्फूर्त जाल ऐसे ही बनता है।

थोड़ी–सी पीछे छूट गयी बात है। ख़ूबसूरत पहाड़ियों पर, पहाड़ियों की चट्टानों को ही तोड़–तोड़कर बनाये गये उसकी कम्पनी के मुख्यालय को लोग दूर–दूर से देखने आते थे। यह इमारत एक विश्व प्रसिद्ध आर्किटेक्ट की कल्पना का सुन्दरतम नमूना थी।

लोग कहते थे कि उसे वह जगह इतनी भा गयी थी कि उसने अपने व्यावसायिक कौशल के अलावा अपनी कलाप्रेमी आत्मा के एक अंश को भी उसके निर्माण में झोंक दिया था। इस सरकारी इमारत के निर्माण में मिल जाने वाली उसकी फ़ीस की उसने परवाह नहीं की थी कि वह कम है या ज़्यादा है।

चारों तरफ़ फैली हरियाली के बीच ही उसने अधिकारियों के बँगले भी बनवाए थे। यह बँगले इस तरह स्थित थे कि वहाँ की विशाल खिड़कियों से इस इमारत को आसानी से देखा जा सकता था।

एक रोज़ उसने बिल्कुल सुबह–सुबह सैंडविच के साथ कॉफ़ी पीते हुए उस इमारत की तरफ़ अपने ड्राइंग रूम से देखा तो गद्देदार सोफ़े पर बैठे रहने के बाद उसको अपने पीछे गुदा द्वार के ठीक ऊपर कुछ गड़ता हुआ महसूस हुआ। दरअसल वह इस बीच बहुत दिनों से पूरे मनोयोग के साथ साधनारत था कि जितनी भी जल्दी हो यह हो जाये और वह उस वक़्त हो रहा था। उसने पीछे हाथ लगाकर देखा तो ख़ुशी की चीख़ उसके मुँह से निकलते–निकलते बची। वह हो चुका था। अहा! अहा!! उसके भीतर गूँजने लगा।

उसकी यह गुमसुम–सी खिलखिलाहट वहाँ पोंछा लगा रहे उसके एक सरकारी अर्दली ने सुन ली और उसे गौर से देखा। वह केवल इमारत की तरफ़ देख रहा था। अर्दली उसे हैरत से देख रहा था तभी उसने उसे एक विचित्र बुदबुदाहट में कहते सुना– ''हाय! मैं कब इसका मुखिया बनूँगा।'' यह था बिजली कम्पनी का सेक्रेटरी बी.एल. स्वर्णकार। यह व्यक्ति एक ज़माने में बहुत ईमानदार था। इसकी ईमानदारी से लोग काँपते थे, डरते थे। यह नियम था कि कम्पनी में चेयरमैन यानी मुखिया की नियुक्ति प्रदेश का मुख्यमन्त्री करता था और यही चाहत स्वर्णकार को सताती रहती थी।

अर्दली न तो गधा था, न ऊँचा सुनता था और न ही मन्दबुद्धि का था। इसलिए साहब की लालसा वह अच्छी तरह समझ गया था। वह चुप रहा और चुपचाप कमरे से बाहर हो गया। पर उसे तब तक

अपच जैसा महसूस होता रहा जब तक कि यह बात उसने साहब के ड्राइवर से नहीं बता दी। अब सोचिए ड्राइवर तो मोबाइल होता है उसकी मोबिलिटी से यह रहस्य रहस्य के ही रूप में, तेज़ी से उजागर होता चला गया। इसके आगे की बात यह कि बाद में यह अफ़वाह की तरह फैलते–फैलते प्रान्त के मुखिया मुख्यमन्त्री चितरंजन सिंह तक भी पहुँच गयी। मुखिया चितरंजन सिंह एक अजीब मुस्कान से मुस्कुराया। इस मुस्कुराहट की गहराई में जाने क्या–क्या छिपा था यहाँ तक कि वह ख़ुद नहीं जानता था कि यह लगातार छिपते रहने की प्रक्रिया कहाँ तक जायेगी और क्या–क्या गुल खिलायेगी। अब यह न होता तो बताइये कि जो हो गया वह कैसे होता भला?

विचार शून्य समय में "यह तो होना ही था और वही हुआ। क्या हुआ?" यह प्रश्न इतने जल्दी तो चुकने वाला नहीं। प्रान्त के मुखिया में ग़ज़ब का धैर्य था। धैर्य नियोजन करता है और यह जिस तरह का कौशल है वह दूरगामी परिवर्तन लाता है। परिवर्तन सबके लिए नहीं, अपने लिए।

अचानक एक दिन जब मुस्कुराहट की सीमा समाप्त हो गयी तो प्रान्त के मुखिया मुख्यमन्त्री चितरंजन सिंह ने अपने व्यक्तिगत सचिव को तलब कर पूछा– "यार बक्शी, क्या नाम बताया था तुमने उस बिजली कम्पनी के उच्चाधिकारी का?"

"कौन अधिकारी सर !" बेचारा व्यक्तिगत सचिव भूल गया था।

प्रान्त के मुखिया की भृकुटी तन गयी। उन्होंने चिढ़कर कहा– "अरे बक्शी यह क्या? तुम ही बताओगे और तुम ही भूल जाओगे? ...ऐसे नहीं चलने वाला समझे।"

जे.एल. बक्शी सहम गया। वह जानता था कि भूलने का दुष्परिणाम ख़तरनाक हो सकता है इसलिए हड़बड़ाते और तुरन्त याद करते हुए कहा– "अरे, अरे, सॉरी सर, एक्स्ट्रीमली सॉरी...मैं भूला नहीं हूँ सर...उसका नाम है...हाँ सर उसका नाम है विपतलाल स्वर्णकार।"

"हाँ...ठीक बताया तुमने, याद आ गया।" वह मुस्कुराते हुए अपनी टेबिल के ऊपर रखे ग्लोब को घुमाने लगा।

बक्शी अटेंशन में खड़ा था ताकि आगे दिये जाने वाले आदेश का पालन करे। साथ–साथ मन–ही–मन मुखिया को गाली भी देता जा रहा था कि साले ख़ुद याद नहीं रखते और हम पर रौब झाड़ते हैं। मन–ही–मन की कोई आवाज़ नहीं होती इसलिए बक्शी की भी नहीं थी और समय ऐसा आ गया था कि बक्शी को याद ही नहीं कि वह बाबू से व्यक्तिगत सचिव तक के सफर में मन–ही–मन से कभी बाहर आया हो। उसे अच्छी तरह मालूम है कि ऐसा नहीं हुआ होता तो वह वहाँ तक कभी नहीं पहुँच पाता जहाँ तक अभी पहुँच गया है।

वह लगातार सतर्कता से प्रान्त के मुख्यिा को देख रहा था। उसका ग्लोब पर चलता हाथ अचानक रुका और उसने पूछा– ''स्वर्णकार याने सुनार न?''

''हाँ सर, ठीक कहा आपने।'' बक्शी बोला।

''ये सुनार–बुनार कब से इतने बड़े पदों पर पहुँचने लगे।'' कुछ–कुछ बड़बड़ाते और विस्मय करते हुए मुखिया ने कहा।

उन्होंने कहा भर था पूछा नहीं था तब भी बक्शी को ही बोलना था इसलिए वह बोला– ''अरे ये सब आप लोगों की कृपा है सर।''

मुखिया तुरन्त पलटा और गौर से बक्शी की तरफ़ देखा यह पता करने के लिए कि बक्शी का इस तरह बोलना कहीं व्यंग्यात्मक तो नहीं है। पर उसने पाया कि बक्शी का चेहरा सपाट था। मुखिया को यह पता भी होगा तो पता नहीं चला कि बक्शी जैसे लोग अभिनय प्रणव होते हैं और उनकी ही वजह से सीखते हैं।

मुखिया के अन्दर रक्त प्रवाह जैसे तेज़ हो गया और उसने गर्मी महसूस करते ही कहा– ''दोनों ए.सी. चला तो दो जरा।''

बक्शी ने लपककर दोनों रिमोट उठाये और तत्काल आदेश का पालन कर दिया। विचार मगन मुखिया कुछ देर तक यह सोचता रहा कि योग्यता की अफ़वाह यदि सही हुई तो स्वर्णकार आदमी काम का हो सकता है। उसने सामने के बड़े ग्लास विण्डो से देखा एक गिद्ध बहुत तेज़ी से अपने शिकार के लिए ज़मीन की ओर उतर रहा था।

उसने ख़ुश होते हुए तत्काल बक्शी से कहा– "जल्दी से एक दिन स्वर्णकार को यहाँ हाज़िर करो...अब यह मत पूछना कि कैसे?... यह तुम देखो।"

"यस सर, मैनेज करता हूँ।" बक्शी यह कहते हुए कमरे से बाहर हो गया।

❑

"क्या???....क्या कह रहे हो, प्रान्त के मुखिया ने मुझे बुलाया है?... मुझे।" जब यह ख़बर स्वर्णकार के स्टेनो ने उसे दी तो वह हतप्रभ रह गया। मज़बूत दिल थोड़ी आशंका, थोड़ी–सी ख़ुशी और न जाने किन–किन अहसासों से धड़कने लगा। फिर उसने हड़बड़ाते हुए पूछा– "कोई काम बताया क्या?"

"हाँ सर, उनके व्यक्तिगत सचिव ने कहा कि मुखिया साहब रूरल इलेक्ट्रिफिकेशन की प्रोग्रेस से ख़ुश नहीं हैं इसलिए उसकी फ़ाइल सहित बुलाया है।"

"ओ.के...आई विल सेटिस्फाई हिम रिगार्डिंग प्रोग्रेस।...एक्चुअली ही डसन्ट नो दि रियल प्रोग्रेस व्हिच आई विल टेल हिम।" स्वर्णकार यह कहते हुए बेहद तीव्रता से हँसा क्योंकि वह समझ गया था कि बुलाने का असली कारण कुछ और है। वह कैसे भूल सकता है कि रूरल इलेक्ट्रिफिकेशन का टारगेट से ज़्यादा एचीव्हमेंट के लिए उसे व्यक्तिगत रूप से सराहना पत्र एक पखवाड़े पहले ही तो मिला था। पर वह इस सच्चाई को अपने स्टेनो के सामने प्रकट नहीं करना चाहता था इसलिए वह रियल प्रोग्रस की बात कर रहा था।

"हाँ तो कोई डेट दी है क्या मिलने की?" उसने स्टेनो से पूछा।

"जी सर, नेक्स्ट सण्डे बुलाया है बँगले पर।"

"ओ हो...बँगले पर! और सण्डे के दिन? क्यों?" उसने विस्मय से पूछा।

स्टेनो प्रश्न के उत्तर के लिए पहले से तैयार था। उसने कहा– "सर, उनके व्यक्तिगत सचिव कह रहे थे कि सण्डे इसलिए ताकि रूटीन वर्क्स सफर न करे।"

"ओ.के.! ओ.के.!!... सण्डे को राजधानी के लिए फ्लाइट तो है नहीं, तुम एक काम करो शनिवार रात की ट्रेन से ए.सी. फर्स्ट में रिजर्वेशन कराओ...मैं सुबह पाँच बजे राजधानी पहुँच जाऊँगा।"

"यस सर।" स्टेनो जाने के लिए पल्टा पर ठिठक गया। फिर मुड़कर दुबारा पूछा– "और लौटने का कब का कराना है सर।"

"अरे यार, उसी रात का...समझ नहीं रहे हो क्या? रूटीन वर्क्स सफर नहीं होना चाहिए।" उन्होंने कुछ–कुछ व्यंग्यात्मक लहजे में कहा।

"यस सर।" स्टेनो ने कहा और बिलाशक कमरे से बाहर निकल गया।

स्टेनो के सामने वो कर नहीं सकता था इसलिए उसने उसके जाने के बाद अपनी बाँछों को तीव्रता से खिलाया और अभूतपूर्व ख़ुशी में डूब गया। उसे पक्का विश्वास था कि उसकी आकांक्षाओं की टेलीपैथी काम कर गयी है और निःसन्देह शुभ घटने वाला है। अनजाने ही उसका हाथ किसी आश्वस्ति के लिए पीछे चला गया और सब कुछ सही पाकर उसकी ख़ुशी बेइन्तहाँ हो गयी। साथ–साथ वह कयासों में भी डूबने–उतराने लगा। उसने सोचा कि अगर मनोकामना पूरी हो गयी तो किसी पहाड़ी पर स्थित किसी माता के दर्शन और श्रीफल चढ़ाने से तो काम चलने वाला नहीं है। मनोकामना की कीमतें दिन दूनी रात चौगुनी बढ़ी हैं इसलिए कीमत का अन्दाज़ा लगाना भी ज़रूरी है। काम की कीमत उगाहने के लिए रिसोर्सेज तो अथाह है, पर उनमें से अपनी 'गरिमा' के हिसाब से चुनने होंगे नहीं तो गोपनीयता भंग होने का ख़तरा बना रहेगा। फिर रिसोर्सेज की अपनी भी कीमत होती है उनका बँटवारा भी ज़रूरी है। हर व्यक्ति जोखिम की कीमत तो चाहता ही है। पर कीमत कम लगे इस पर भी विस्तार से विचार करना ज़रूरी है।

यह कार्यालयीन समय था और वह कार्यालय में ही था, पर सामने पड़ी फ़ाइलों को उसने कई घण्टों तक नहीं देखा, वह केवल ख़ुद से ही एकान्त में मन्त्रणा करता रहा। घण्टों के एकान्त में उसने लगभग–लगभग मंज़िल तक पहुँचने के लिए आवश्यक चीज़ों का जब फौरी संयोजन कर डाला तब कहीं जाकर उसने फ़ाइलों को छूना शुरू किया।

❐

भीषण गर्मी की सुबह स्वर्णकार जब राजधानी के प्लेटफार्म पर उतरा तब तक सुबह के 5.45 हो चुके थे। कम्पनी का एक स्थानीय अधिकारी उसको लेने प्लेटफार्म पर फूलों का बड़े बुके लेकर आधे घण्टे पहले से खड़ा था। वह आधे घण्टे लेट पहुँची ट्रेन की वजह से खीजा हुआ था। उसने घर से चलने के पहले ट्रेन की पोजीशन नेट से पता की थी। उस समय ट्रेन राइट टाइम थी।

खीजते हुए चेहरे को उसने तपाक से मुस्कुराते हुए चेहरे में बदला और बहुत आदर के साथ झुककर स्वर्णकार को नमस्कार किया फिर उतने ही आदर से उसे बुके पकड़ाया फिर मीठी आवाज़ में पूछा– ''कोई तकलीफ़ तो नहीं हुई रास्ते में सर।''

स्वर्णकार तो ख़ुश था ही उसने तत्परता से मुस्कुराते हुए कहा– ''नहीं, नहीं कोई तकलीफ़ नहीं हुई।'' फिर कुछ याद आया और उसका चेहरा असहज हो गया। उसने तत्काल रौब अर्जित करते हुए कहा– ''आप आये हैं, सी.ई. कहाँ हैं...आप तो शायद सर्किल के एस.ई. यादव जी हैं न?''

''जी सर, जी सर मैं ही यादव हूँ सिटी सर्किल है मेरे पास... सॉरी सर सी.ई. साहब तो सी.एम. साहब के कहने पर किसी काम से दिल्ली गये हैं...उन्होंने मुझे पहुँचने को कहा था और साथ ही साथ यह भी कहा था कि साहब से क्षमा माँग लेना कि मैं पहुँच नहीं पाया।'' यादव ने कहा और उसकी खीज पूरी तरह इसलिए दूर हो

गयी कि उसकी बिजली कम्पनी के सेक्रेटरी स्वर्णकार साहब उसे नाम सहित जानते हैं। उसने मन ही मन प्रण किया कि सेक्रेटरी साहब के राजधानी में स्टे के दौरान वह ऐसी सेवा करेगा कि वे उसका नाम कभी न भूल पायें। इसलिए उसने बहुत मुस्तैदी से स्वर्णकार का एक सूटकेस रूपी लगेज को फ़ौरन अपने हाथ में लिया और कहा– ''सर आप बिल्कुल फिक्र न करें, आपको सी.ई. साहब की एब्सेंस में मैं कोई तकलीफ़ बिल्कुल नहीं होने दूँगा। सी.ई. साहब कहकर गये हैं कि किसी बात की ज़रूरत पड़े तो वे बाद में 'एक्स पोस्ट फैक्टो अप्रूव्हल' दे देंगे सर।''

''ओ.के., ओ.के., कोई बात नहीं अब सी.एम. साहब ने उन्हें भेजा है तो कोई ज़रूरी काम से ही भेजा होगा। बहरहाल अपने सी.ई. साहब क्या अक्सर सी.एम. साहब के पास जाते रहते हैं?'' जानकारी लेने और कई तरह की शंकाओं के समाधान के लिए स्वर्णकार ने यादव से पूछ ही लिया। जबकि वह यादव से काफ़ी ऊपर की श्रेणी का अधिकारी था और उसे इस तरह की बातों पर ऊपरी तौर पर ध्यान नहीं देना चाहिए था। जितना सम्हाल कर स्वर्णकार ने यादव से पूछा था उतना ही सम्हाल कर यादव ने जवाब दिया– ''नो सर अक्सर नहीं, जब कभी भी सी.एम. साहब बुलाते हैं तब ही।'' यह सुनकर स्वर्णकार ख़ुश हुआ। उसकी शंकाएँ जाती रहीं।

वे लोग जब स्टेशन के बाहर कार पार्किंग तक पहुँचे तो बिजली कम्पनी के यादव के मातहत कई अधिकारी वहाँ उपस्थित थे, जिन्होंने आगे बढ़–बढ़ कर अपना परिचय देते हुए स्वर्णकार से हाथ मिलाये और सभी ने उन्हें फूलों के बुके भी पकड़ाए जिसे बारी–बारी से यादव के साथ आये दो बाबुओं ने स्वर्णकार से ले–ले कर सम्हाल लिया।

क्षणों बाद पाँच–छह कारों का काफिला स्टेशन से बाहर की ओर जाने वाली सड़क पर दौड़ने लगा। स्वर्णकार यादव की कार में सवार था। राजधानी में चारों ओर बिखरी हरियाली को निहारते हुए स्वर्णकार ने यादव से पूछा– ''तो भाई, ठहरने की व्यवस्था कहाँ की है हमारी?''

"सर वहीं, अपने श्यामला हिल्स वाले गेस्ट हाउस में..." अभी–अभी रिनोवेट किया है सर, पहले से ज़्यादा ख़ूबसूरत हो गया है और फैसिलिटीज भी बढ़ गयी है, आप ख़ुश हो जायेंगे सर?"

"अच्छा।" स्वर्णकार विस्मय से बोला।

फिर गेस्ट हाउस तक पहुँचने तक कार में शान्ति रही आयी।

अपने आवंटित कमरे में घुसते ही स्वर्णकार वाकई ख़ुश हो गया वहाँ की साज–सज्जा देखकर। फिर यादव से बोला– "क्या बात है! यह तो सूट जैसा है, कमाल है भाई।"

यह सुनकर यादव गद्गद् हो गया और कहा– "मैंने तो कहा ही था सर, अभी पन्द्रह दिन पहले ही तो एक केन्द्रीय मन्त्री ठहरे थे इस कमरे में, उन्हें सर्किट हाउस की व्यवस्था पसन्द नहीं आयी थी इसलिए।"

"ओह, रियली?" स्वर्णकार बहुत ख़ुश हो गया यह सुनकर कि उसे उस कमरे में ठहराया जा रहा है जहाँ केन्द्रीय मन्त्री रुका था। वह एक बड़े सोफ़े पर पसर गया। फिर कुछ याद करते हुए कहा– "हाँ तो सी.एम. साहब ने क्या समय दिया है मिलने का?"

"सर, साढ़े नौ बजे ब्रेक फास्ट पर मिलने को कहा है।" यादव तुरन्त बोला।

"अरे वाह!" स्वर्णकार और अधिक ख़ुश होते हुए बोला पर दूसरे ही पल उसे लगा कि ख़ुशी ज़्यादा दिख रही है इसलिए तत्काल गम्भीर होते हुए आदेशात्मक लहजे में यादव से कहा– "तो ठीक है, याद रखना अच्छी–सी गाड़ी पौने नौ तक भिजवा देना।"

उसने कुछ क्षण यादव की तरफ़ देखा फिर पूछा– "एनी थिंग मोर?"

यादव काफ़ी घिसा हुआ अधिकारी था वह समझ गया कि उसे जाने के लिए कहा जा रहा है। वह फ़ौरन बोला– "नो सर।" फिर रुक कर– "गाड़ी समय पर पहुँच जायेगी सर।" कहता हुआ वह कमरे से बाहर हो गया।

यादव के जाते ही स्वर्णकार ने अपनी रिस्ट वॉच पर झटके से नज़र डाली। सात बज गये थे। पास में रखे इंटरकॉम पर उसने रूम सर्विस के लिए कॉल किया और एक कड़क कॉफ़ी और सिंगल सैंडविच का आर्डर दिया फिर लगेज से उसने रूरल इलेक्ट्रिफिकेशन की फ़ाइल मन ही मन मुस्कुराते हुए निकाली। वह यह तो अच्छी तरह से जानता था कि सी.एम. का उसको बुलाया जाना इस फ़ाइल पर चर्चा करना नहीं है, बल्कि इसकी आड़ में कुछ और है, और जो है वह उसे निन्यान्नवे प्रतिशत तो जानता ही है सिर्फ़ एक प्रतिशत की आशंका है जो दो–तीन घण्टों बाद समाप्त हो जायेगी। फ़ाइल लाना और उस पर होमवर्क करना उसने इसलिए ज़रूरी समझा कि अगर किसी बहाने से ही सही सी.एम. ने कुछ पूछ लिया तो बताने में मुश्किल नहीं होगी। इसी गरज से वह फ़ाइल को पलटता रहा। लगभग दस मिनटों बाद कॉफ़ी और सैंडविच उसके पास पहुँच गयीं।

कॉफ़ी लेने के बाद वह टॉयलेट में चला गया।

लगभग बीस मिनटों बाद वह बाहर आया तो तरोताजा महसूस कर रहा था। इस तरोताजगी ने उसके अनेक प्रकार के अहसासों को और सघन कर दिया था।

❐

गाड़ी नियत समय पर पहुँच गयी थी बल्कि किसी बात की कोई तकलीफ़ न हो या ड्राइवर कोई लापरवाही न करे इस एहतियात के तहत यादव ख़ुद ही गाड़ी लेकर पहुँच गया था।

घनी हरियाली से ढँके सी.एम. चितरंजन सिंह के बँगले के सामने जब स्वर्णकार जिस गाड़ी में आया था, वह रुकी तो लोहे का बड़ा गेट बन्द था, कुछ बेरीकेट्स लगे थे जिनके पीछे कुछ निरीह से दिखते लोग और खादीधारी छोटे शहरों के नेता सी.एम. से मुलाक़ात के लिए लाइन लगाये खड़े थे और उन्हें तीन–चार बन्दूकधारी पुलिस के जवान बार–बार नियन्त्रण में रहने की ताकीद देते जा रहे थे।

हर क्षण में लाइन बढ़ती जा रही थी। स्वर्णकार के जीवन का भी यह पहला मौक़ा था जब वह प्रान्त के मुखिया से व्यक्तिगत रूप से मुलाक़ात करने जा रहा था। मुखिया से मिलना और कुछ हो जाने की आशा की ख़ुशी के बावजूद स्वर्णकार का दिल कुछ–कुछ अनियन्त्रित होकर धड़क रहा था। यह धड़कन उसके जीवन का पहला अनुभव था।

गाड़ी के रुकते ही बँगले के गेट के बगल में बनी गुमटी से एक बन्दूकधारी पुलिसवाला गाड़ी के पास आया और उनके आने के उद्देश्य के बारे में पूछा। यादव ने गाड़ी से उतरकर सी.एम. साहब से स्वर्णकार के एप्वाइंटमेंट के बारे में बताया तो उसने हामी भरते हुए बताया कि उसे इसकी जानकारी है "आप कृपया गाड़ी पार्किंग में लगा लें मैं आपको दो मिनटों बाद अन्दर से संकेत मिलते ही सी.एम. साहब के पास भेजता हूँ।"

गाड़ी पार्किंग में खड़ी हो गयी और शायद एक मिनट बाद ही उसी बन्दूकधारी ने संकेत दिया भीतर चले जाने को। स्वर्णकार ने भी यह देख लिया था। वह अपनी फ़ाइल लिए तेज़ी से गाड़ी से उतरा और गेट की ओर बढ़ गया। उसे यादव की आवाज़ आयी उसने 'बेस्ट ऑफ़ लक सर' कहा जिसका हड़बड़ी के कारण स्वर्णकार ने कोई जवाब नहीं दिया।

बड़े गेट में एक छोटा दरवाज़ा लगा था उसे बढ़कर एक बन्दूकधारी सिपाही ने खोला और स्वर्णकार अन्दर चला गया। अब उसके सामने बेहद हरा–भरा लॉन था, जिसके ठीक बीच में एक पत्थरों की पगडण्डी बनी थी और चालीस मीटर के फासले के बाद बँगले का दालान दिख रहा था। दालान के बाद की दीवार में कई दरवाज़े बने थे जो उस वक़्त बन्द थे और सभी दरवाज़ों के पास कुछ लोग खड़े थे। स्वर्णकार ने जिन्हें देखकर अन्दाज़ा लगाया कि वे ज़रूर सी.एम. हाउस में तैनात अधिकारी–कर्मचारी होंगे। इन्हीं दरवाज़ों में से एक दरवाज़े के पास खड़े एक व्यक्ति ने स्वर्णकार को इशारे से बुलाया। वह जब क़रीब पहुँचा तो उसने बहुत आदर सहित स्वर्णकार से पूछा– "आर यू मिस्टर स्वर्णकार?"

''यस।''

''नाउ, यू केन गो इन'' उसने दरवाज़ा खोलते हुए कहा।

स्वर्णकार जब भीतर पहुँचा तो देखा विशाल कमरे में चारों ओर सफेद गद्देदार सोफ़े रखे हुए थे। कमरे के एकदम बीच में बड़ी–सी टेबिल थी, जिसमें बहुत सलीके से फ़ाइलों का अम्बार लगा था। एक बहुत ख़ूबसूरत टेबिल लैम्प वहाँ जल रहा था। पूरे कमरे का फ्लोर ग्रे कलर के कारपेट से ढँका था। कमरे की चारों दीवारों पर ए.सी. लगे थे। उनकी आवाज़ों के अलावा कमरे में गहरी शान्ति थी। एक सूट टाई पहने व्यक्ति टेबिल के पास अपने दोनों हाथ बाँधे खड़ा था, जिसने स्वर्णकार को देखते ही टेबिल के सामने रखे सोफ़े पर बैठने का इशारा करते हुए कहा– ''आप बैठिए, साहब आ रहे हैं।''

बिना किसी प्रतिक्रिया के स्वर्णकार बैठ गया। उसने एक नज़र चारों ओर दौड़ाई। दीवारों पर महात्मा गाँधी के बड़े से चित्र के अलावा जवाहरलाल नेहरू से लेकर इन्दिरा गाँधी के बेहद साफ़ सुथरे चित्र वहाँ लगे हुए थे। इसके पहले कि इन चित्रों को देखकर स्वर्णकार उनकी स्मृतियों में जाने का प्रयास करता उस बड़ी–सी टेबिल के एकदम पीछे वाला दरवाज़ा खुला और सी.एम. उसमें से प्रकट हुए। स्वर्णकार को उनके इतनी जल्दी आ जाने की उम्मीद नहीं थी इसलिए वह अकबका कर खड़ा हो गया और उनके अभिवादन के लिए हाथ जोड़कर नब्बे अंश के कोण में झुक गया।

बहुत फुर्ती से सी.एम. चितरंजन सिंह आकर अपनी चेयर पर बैठ गये। स्वर्णकार के मुँह से अटकते हुए निकला– ''गुड मॉर्निंग सर!''

''वेरी गुड मॉर्निंग, बैठिए मिस्टर स्वर्णकार।'' सी.एम. चितरंजन सिंह ने भी कहा। यहाँ यह याद दिला देना बहुत ज़रूरी है कि यह और इसके पहले के कुछ क्षण, वही क्षण थे जब प्रान्त के मुखिया यानी सी.एम. ने स्वर्णकार के पीछे देख लिया था जिसे स्वर्णकार ने नहीं दिखाये जाने के सटीक अभिनय के साथ दिखाया था। दोनों तरफ़ लाइन क्लीयर थी पर अभिनय तो दोनों तरफ़ से अनिवार्य रूप से किया जाना था इसलिए वह हुआ और उसकी बानगी देखिये–

"तो स्वर्णकार जी रूरल इलेक्ट्रिफिकेशन की फ़ाइल लेकर आये हैं कि नहीं?" सी.एम. चितरंजन सिंह ने पूछा।

"बिल्कुल लाया हूँ सर।" कहते हुए स्वर्णकार ने फ़ाइल सी.एम. के सामने रख दी।

फ़ाइल को देखने के पहले सी.एम. ने उस व्यक्ति की तरफ़ किसी खास मक़सद से देखा जो उसकी टेबिल के पास हाथ बांधे अटेंशन की मुद्रा में खड़ा था और उसके आने के पहले जिसने स्वर्णकार को बैठ जाने का निर्देश दिया था।

चितरंजन सिंह की नज़रों को पहचानने का कड़ा अभ्यास उसे था और उसी के तहत उसने समझा कि सी.एम. साहब अब उसे चले जाने के लिए कह रहे हैं यह उसके अलावा किसी और को समझ न आये इस एहतियात के साथ। इसलिए उसने सी.एम. से तत्काल झुकते हुए पूछा– "सर क्या लेंगे? कॉफ़ी या चाय?"

"यह तो स्वर्णकार जी से पूछें तो ज़्यादा बेहतर होगा।" सी.एम. ने मुस्कुराते हुए और स्वर्णकार की ओर देखते हुए कहा।

स्वर्णकार सी.एम. की यह औपचारिकता देखकर दंग रह गया कि भले ही ऊपरी तौर पर हो पर कितनी शालीनता वह प्रदर्शित कर रहा है। उसने भी अपनी शालीनता प्रकट करने में देरी नहीं की और फ़ौरन कहा– 'अरे सर, जो आप लेंगे, वही मैं भी ले लूँगा सर।"

अपनी मुस्कुराहट को क़ायम रखते हुए फिर सी.एम. ने कहा– "तो चलिए जो रूटीन का है ले आइये।"

"यस सर" कहते हुए वह सूट–टाई वाला व्यक्ति तत्काल पलटकर कमरे से बाहर निकल गया।

उसके बाहर जाते ही वहाँ फिर से शान्ति ने कुछ देर के लिए अपना घर बना लिया। स्वर्णकार ने देखा, सी.एम. बहुत गौर से रूरल इलेक्ट्रिफिकेशन की फ़ाइल के पन्नों को पलट रहा था। पन्ने जिस तेज़ी से पलटे जा रहे थे उससे दो बातें स्वर्णकार को महसूस हो रही थी। पहली यह कि सी.एम. की पढ़ने की रफ़्तार अभूतपूर्व रूप से तेज़ है और दूसरी यह कि वह पढ़ नहीं रहा है बल्कि पढ़ने का सटीक अभिनय कर रहा है। लगभग पाँच मिनट तक पन्ने पलटे जाते

रहे पर इस संक्षिप्त समय में भी स्वर्णकार बुरी तरह ऊब गया था। उसका असली मक़सद तक जल्दी पहुँचने की व्याकुलता बढ़ रही थी इसलिए ऐसा था। वह बहुत प्रयासों के बाद ख़ुद को रोके हुए था।

अन्ततः सी.एम. ने फ़ाइल पूर्ण की जिसे देखकर स्वर्णकार ने एक गहरी साँस भरी और एक अजीब सुकून सा महसूस किया।

फ़ाइल को बन्द करते हुए सी.एम. ने कहा– "आपने तो काफ़ी अचीव्ह कर लिया है, फिर क्यों लोग ग़लत अफ़वाहें उड़ाते फिरते हैं... समझ से परे है।" यह सुनकर स्वर्णकार को ख़ुशी का एक जबर्दस्त झटका लगा पर अफ़वाहों को सुनकर कुछ–कुछ सन्देह के घेरे में भी वह आ गया। पर उसने ख़ुद को बेहद संयत दिखाते हुए कहा– "थैंक्यू वेरी मच सर। पर अफ़वाह वाली बात मेरी समझ में नहीं आयी सर!" दरअसल वह यह भाँप लेना चाहता था कि सी.एम. ने यह बात दरियाफ्त करके कही है या वे इस बहाने एक दबाव की रणनीति के तहत यह कह रहा है।

इसके पहले कुछ पल ऐसे गुज़रे जिसमें फ़ाइल को देखते हुए सी.एम. मुस्कुरा रहा था और स्वर्णकार उसके चेहरे को गौर से पढ़ रहा था। इतनी देर में स्वर्णकार अपनी इस सोच के साथ आश्वस्त हो गया कि सी.एम. निःसन्देह अफ़वाह वाली बात सच कह रहे हैं क्योंकि वह यह तो जानता था कि कान भरने वालों की कमी नहीं है। वह जिस पद पर अभी आसीन था उस तक पहुँचने के लिए कम्पनी में पूरा वक़्त गला काट हत्यारी स्पर्धा चलती रहती है इसलिए यह बिल्कुल मुमकिन है कि कोई सी.एम. साहब को मिसगाइड करता होगा। यह बात सबको मालूम थी कि स्वर्णकार अपने इस पद तक चापलूसी से नहीं पर अपनी क्षमताओं और कुशलताओं से पहुँचा था। दरअसल यह भी लोगों की ईर्ष्या का एक बड़ा कारण था क्योंकि दुनिया जिस आपा–धापी में उस वक़्त दौड़ रही थी उस वक़्त प्रतिभा या कौशल से किसी को कुछ लेना–देना नहीं था। गहरी जोखिम भरी छलाँगों से मंज़िल पर पहुँचने की हसरतें लोगों के भीतर बलवती थीं। अविश्वसनीय लग सकता है यह तथ्य कि इसी हसरत को लेकर

लोग मंज़िलें तय कर रहे थे। गिरावट का वह अभूतपूर्व दौर था। इसी गिरावटी समय में ही स्वर्णकार के रसायन में भी परिवर्तन हो रहा था जो कि उसे ख़ुद भी पता नहीं था। कहाँ क्या बदल रहा है यह बहुतेरे लोगों को पता ही नहीं चलता था। उसकी एक प्रत्यक्ष वजह यही थी कि गरिमा के दाम घट रहे थे। झूठे आवरणों की गरिमा बढ़ रही थी। यह दिलचस्प है कि स्वर्णकार इसका शिकार हो रहा है यह उसे स्वयं को छोड़कर सबको पता था। सी.एम. को जिस तरह पता चला वैसे ही। वह दौर भौतिकता के पहले भूचाल का दौर था। वहाँ की पृथ्वी करवटें लेने लगी थी।

अन्ततः सी.एम. ने अनवरत् मुस्कुराते हुए ही फ़ाइल को टेबिल पर रखकर आख़िरकार अपनी रिवाल्विंग चेयर घुमाई फिर स्वर्णकार को सम्बोधित किया– "एक बात पूछनी है स्वर्णकार जी...।"

"जी सर" स्वर्णकार एकदम चौकन्ना था– "पूछिए सर?"

"मैं दरअसल पूछना चाहता हूँ कि अभी सेवानिवृत्ति के लिए कितना वक़्त बचा है?"; सी.एम. ने स्वर्णकार की आँखों में आँखें डालते हुए पूछा।

इस पर बहुत अदब से स्वर्णकार ने दोनों हाथ जोड़े फिर कहा– "सर अभी लगभग चार साल बचे हैं आपकी कृपा से।"

"अरे वाह।... यह तो बहुत अच्छी बात है...।" यह कहकर सी.एम. कुछ देर रुका फिर कहा– "स्वर्णकार जी मुझे यह तो पहले से ही पता है कि आपके जैसे प्रतिभाशाली लोग आपकी कम्पनी में नहीं के बराबर हैं और चार साल आपके बाकी हैं, यह बहुत बड़ी बात है...क्या आपसे भी कोई सीनियर है?"

सुनकर स्वर्णकार के भीतर ख़ुशी की आँधी चली क्योंकि वह इस प्रश्न का अर्थ अच्छी तरह समझता था पर आँधी तुरन्त रुक भी गयी जब उसे बी.एस. उइके का ध्यान आया और वह फ़ौरन बोल पड़ा– "सर वह बी.एस. उइके हैं। है तो वह जूनियर ही पर कोटे का आदमी है इसलिए सम्भव है कि वह आगे बढ़ जाये।" इतना कहते–कहते स्वर्णकार का मुँह उतर गया।

सी.एम. ने गौर से उसे देखा और कहा– ''कोई तकलीफ़ की बात नहीं है पर यह बताइये कि अभी चेयरमैन को कितना वक़्त बचा है?''

अब स्वर्णकार के फिर से ख़ुश हो जाने की बारी थी, उसने फ़ौरन कहा–''सर उनके तो केवल सात–आठ महीने ही बचे हैं।''

''वैरी गुड! वैरी...गुड!! सी.एम. फ़ौरन बोल पड़ा जैसे उसका दिल बाग–बाग हो गया हो। मुस्कान उसके चेहरे पर यथावत बनी रही, फिर उसने अचानक स्वर्णकार से पूछा– ''कुछ समझ रहे हैं, मैं क्या कहना चाहता हूँ?''

सी.एम. के यह पूछने के पहले ही स्वर्णकार के भीतर फिर से ख़ुशी की आँधी चल पड़ी थी पर अबकी बार उसका वेग दोगुना था।

इस वेग को उसने काफ़ी हद तक लड़खड़ाते हुए सम्हाला और अपने तंत्रिका तन्त्र में चल रही कंपन के साथ ही बोला– ''मैं, समझ रहा हूँ सर, बिल्कुल समझ रहा हूँ।''

''फिर समझ रहे हैं तो प्रयास आज से ही शुरू कर दीजिए, क्योंकि समय जाते देर नहीं लगती। वैसे थर्मल पावर में रहते हुए आपने जो नाम 'कमाया' है वह किसी से छिपा नहीं है।'' यह कहते हुए सिर झुकाये बैठे स्वर्णकार को उन्होंने गहरी अर्थपूर्ण नज़रों से देखा। यह भी कमाल था कि बिना सी.एम. की ओर देखे उसकी अर्थपूर्ण नज़रों को स्वर्णकार ने देख लिया और कहा– ''सर, यह आपकी ही कृपा है क्योंकि पिछले दस वर्षों से तो आप ही मुख्यमन्त्री हैं प्रदेश के।''

'नाम कमाया' शब्द के अर्थ को भलीभाँति समझते हुए इस बार स्वर्णकार ने स्मार्टली (तीव्रता से) जवाब दिया, क्योंकि उसे तत्क्षण लगा कि अब अनावृत हो जाने की ज़रूरत है जबकि सी.एम. सब कुछ जानता ही है पहले से। यह वह अच्छी तरह समझ रहा था कि यह जान लेने की प्रक्रिया में सी.एम. कोई प्रशिक्षु नहीं है, उसे लम्बा अनुभव है। पर सूचना–तन्त्र इतना चुस्त–दुरुस्त होगा इसकी उसने कल्पना नहीं की थी। वह अपने इस अनुभव से पहली बार रूबरू हो रहा था। पर इस बात की ख़ुशी भी हो रही थी कि आज वह सत्ता के शीर्ष पर बैठे व्यक्ति से मुखातिब है इसलिए वह ख़ुद को केन्द्र में महसूस कर रहा था।

इस अहसास की कोई परिभाषा नहीं हो सकती। इससे गुज़र कर ही इसे जाना जा सकता है।

यह सब सोचते हुए वह अचानक यह भूल गया था कि वह इस वक़्त कहाँ पर है। सी.एम. उसे इस हालत में देख रहा था। जब किंचित देर हो गयी तो उसने अचानक कहा– "क्या सोच रहे हैं स्वर्णकार जी?"

वह चौंक गया और सहज होते हुए कहा– "जी कुछ नहीं।"

"तो सोचिए कैसे करेंगे इन्तज़ाम, आप जानते हैं, पिछले चार वर्षों में केन्द्र में हमारी सरकार नहीं है, पार्टी को अगले चुनाव की तैयारी की चुनौती है। अभाव में तो काम चलेगा नहीं। तीन साल बाद मुझे राज्य का चुनाव फेस करना है, सब तरफ़ चुनौतियाँ हैं, इसलिए इन्तज़ाम इतना होना चाहिए कि हम इन चुनौतियों का सामना अच्छी तरह कर सकें। आप जानते ही हैं कि व्यक्तिगत रूप से मैंने कभी कोई डिमांड नहीं की है और आपसे तो शायद यह पहला मौक़ा है।"

यह सुनकर स्वर्णकार हड़बड़ी में बोला– "बिल्कुल ठीक कह रहे हैं सर, यह पहला ही मौक़ा है आपसे मिलने का। आपको निराश नहीं करूँगा। आठ से दस तक का इन्तज़ाम मैं कर दूँगा सर, समय ज़्यादा नहीं है नहीं तो और भी हो सकता था।"

यह सुनकर सी.एम. ने विस्फारित नज़रों से स्वर्णकार को दो घड़ी के लिए देखा फिर आश्वस्ति सहित कहा– "ठीक है, इस बीच आपके काम में इंटरफियरेंस नहीं होगा यह मेरा आश्वासन है।" यह कहते हुए सी.एम. अपनी चेयर से उठ खड़ा हुआ।

स्वर्णकार भी अचानक यह देखकर बेहद हड़बड़ी में खड़ा हुआ और दोनों हाथ जोड़ते हुए कहा– "सिर्फ़ यही आशीर्वाद तो चाहिए सर, बाकी मैं सम्हाल लूँगा।"

"ठीक है, मैं बाद में आपसे सम्पर्क में रहूँगा।" सी.एम. यह कहते हुए दरवाज़ा खोलकर तेज़ी से अन्दर चला गया।

स्वर्णकार के अन्दर वह आँधी फिर चल पड़ी, जिसे उसने कुछ देर पहले नियन्त्रित किया था।

❐

राजधानी से लौटते हुए स्वर्णकार चाहता था कि सफर में ही वह अपनी स्ट्रेटजी (युद्धनीति) आगे के लिए तय कर ले पर ख़ुशी उसका पीछा नहीं छोड़ रही थी और वह कुछ सोच नहीं पा रहा था। उसे आश्चर्य हो रहा था कि यह कैसी ख़ुशी का अहसास है कि कुछ भी अलग से सोचना या तय करना मुश्किल हो रहा है। रात जब 12 बजे के क़रीब उसकी ट्रेन राजधानी से चली तो इतनी रात हो जाने के बावजूद लगभग पन्द्रह अधिकारियों का झुंड उसे स्टेशन छोड़ने आया था। उसके साथ आये दो बाबू ट्रेन की थ्री टियर में समा गये थे और ट्रेन के चलने पर वह ए.सी. फर्स्ट में अकेला लेटा हुआ था। वह चाहता था कि वह आठ से दस करोड़ रुपये जोड़ने के बारे में अभी से योजना बनाना शुरू कर दे पर ऐसा हो नहीं पा रहा था।

इसके विपरीत ख़ुशी आ गयी, विचित्र उद्विग्नता ने पिछले वर्षों में उसके भीतर ऐसे ही समय बेहद वासनाएँ अक्सर जगायी हैं। वह इसीलिए यह सोच रहा था कि यदि वह घर में होता तो इस वक़्त उसकी क्या इच्छा रही होती। इसे नये सिरे से ढूँढ़ने की ज़रूरत नहीं थी क्योंकि अभी रात के इस पहर में वही इच्छा तीव्रता से उसके भीतर उठ रही थी। यह बहुत गोपनीय थी इसलिए कि वह किसी को बतायी नहीं जा सकती थी। अगर ऐसी किसी ख़ुशी के वक़्त वह घर में होता तो दो लार्ज पैग ब्लैक डॉग व्हिस्की के चढ़ाता फिर खाना खाने के बाद सम्भवतः रात के इसी वक़्त पत्नी पर चढ़ जाता। वह हर ऐसा मौक़ा आज की तरह कभी नहीं चूकता था क्योंकि यौन की अन्तःशक्ति अभी तो उसके भीतर भरपूर थी और उसे यह उम्मीद थी कि वह अभी वर्षों चलने वाली थी।

ट्रेन काफ़ी रफ्तार पकड़ चुकी थी, उसने देखा एक बजने वाले थे। अफसोस की एक गहरी साँस उसने भरी फिर आँखें बन्द कर लीं। ए.सी. फर्स्ट की चौड़ी बेड पर नींद लग जाने में वक़्त नहीं लगा।

❐

स्वर्णकार ने कल्पना नहीं की थी कि उसकी कम्पनी के मुख्यालय में उसको सी.एम. के बुलाए जाने पर हड़कम्प सा मचा हुआ था। मिनिस्टीरियल स्टॉफ को कुछ पता नहीं था पर इंजीनियरों और दूसरे एकाउंट के अफसरों में तीव्र जिज्ञासा थी यह जानने की कि आख़िरकार सेक्रेटरी (स्वर्णकार) को सी.एम. ने किस सिलसिले में अपने पास बुलवा भेजा था। इसमें सिर्फ़ ये ही लोग शामिल नहीं थे बल्कि चेयरमैन के भीतर भी जानने की गहरी अकुलाहट थी। जब अपने मुख्यालय में सुबह लगभग छह बजे स्वर्णकार ट्रेन से उतरा तो उसे कतई उम्मीद नहीं थी कि सिर्फ़ उसके स्टॉफ के लोग ही नहीं बल्कि लगभग चार चीफ़ इंजीनियर और न जाने कौन दूसरे अधिकारी उसे रिसीव करने स्टेशन पर खड़े थे। अपने स्वागत में इतनी भीड़ देखकर उसकी ख़ुशी का कोई ठिकाना नहीं था, पर साथ ही साथ उसे यह शंका भी हो रही थी कि क्या लोगों को उसकी सी.एम. से मुलाक़ात का उद्देश्य पता चल गया है या फिर सी.एम. ने ख़ुद ही परोक्ष रूप से रात भर में कोई सन्देश भेज दिया है कि आगामी चेयरमैन और कोई नहीं बल्कि स्वर्णकार होने जा रहा है। यह सोचते ही ख़ुशी गायब होने लगी थी और एक अजीब उद्विग्नता फिर से घर बनाने लगी थी। उसने प्लेटफार्म पर क़दम रखा ही था कि उसके गले में माला पहनाने का ताँता लग गया था। वह हतप्रभ सा सब कुछ झेलता जा रहा था। एक चीफ़ इंजीनियर ने हाथ मिलाते हुए उससे अचानक कहा– "बधाई हो सर।"

उसने शंकास्पद हो पूछा– "किस बात की बधाई दे रहे हैं?"

चीफ़ इंजीनियर ख़ुद पर शंकास्पद हो गया, वह तुरन्त जवाब न दे सका और अटकते हुए कहा– "अरे, सर आप सी.एम. से मिलकर आ रहे हैं इसी बात की बधाई...वैसे हमारे यहाँ कितने अधिकारी हैं जो सी.एम. से आपकी तरह व्यक्तिगत रूप से मिले हों।...इसीलिए बधाई सर।"

चीफ़ इंजीनियर के इस तरह अटकते हुए जवाब पर स्वर्णकार की शंका दूर नहीं हुई, वह खिसियाता हुआ सिर्फ़ यह कह पाया– "अच्छा! अच्छा!! धन्यवाद आपको।"

उसके इर्द–गिर्द से भीड़ छँट जाने और घर जाने के लिए अपनी कार में समाने तक उसने इस तथ्य को अच्छी तरह समझ लिया था कि हो–न–हो यह भीड़ सिर्फ़ इसलिए थी कि लोगों को, चाहे जिस स्रोत से ही, यह समझ में आ गया था कि सी.एम. से इस तरह व्यक्तिगत रूप से मिल लेने का गहरा अर्थ है और यह तो सबको पता ही था कि वर्तमान चेयरमैन के रिटायरमेंट के चार–छह महीने ही बचे हैं और स्वर्णकार जिस तरह का अधिकारी है उसमें उसकी चेयरमैन की योग्यता सभी को दिखाई पड़ रही थी। इसलिए अपनी सुरक्षा की गारण्टी के लिए सारे बड़े अधिकारी अचानक सक्रिय हो गये। यह बहुत स्वाभाविक था पर सिर्फ़ उन लोगों के लिए, स्वर्णकार के लिए नहीं। स्वर्णकार यह समझ नहीं पा रहा था कि उसके अन्दर ख़ुशी की मात्रा ज़्यादा है या फिर सन्देह, शंका और कुछ विपरीत विचारों की अधिकता। यह स्वाभाविक था कि जो होने वाला हो और अब तक हुआ न हो उसमें इस तरह के खयालात आते ही हैं।

आश्चर्य, शंका, ख़ुशी और न जाने किस–किस तरह की अनुभूतियों से सराबोर जब स्वर्णकार की कार ने अपने बँगले में प्रवेश किया तो उसने गेट के पास से ही देख लिया था कि उसकी पत्नी अर्चना पोर्च में बेहद ख़ुश खड़ी हुई थी। जब कार पोर्च में रुकी तो कार का दरवाज़ा लपककर अर्चना ने ही खोला। बेहद नजाकत से कार का दरवाज़ा खोलते हुए उसने कार से उतरते हुए स्वर्णकार से बेहद प्यार सहित कहा– "आइए जनाब, स्वागत है।"

अब तो स्वर्णकार जैसे आश्चर्य के सागर में गोता लगाने लगे। अपने आश्चर्य को काफ़ी हद तक छिपाने का प्रयास करते हुए उसने अर्चना से पूछा– "क्या बात है! आज बहुत ख़ुश नज़र आ रही हो?"

"क्यों बनते हो!...यहाँ दुनिया भर में चर्चा है कि आपका प्रमोशन होने वाला है तो क्या मुझे ख़ुशी नहीं होना चाहिए?"

पत्नी का कथन सुनकर स्वर्णकार के दिमाग़ में विस्मय का विस्फोट जैसा कुछ हुआ। उसे लगा क्या सी.एम. के कमरे से ध्वनि तरंगें सीधे उसके घर बिना समय गवाएँ पहुँच गयीं? इतना अविश्वसनीय संचार कैसे घटित हुआ? ये सब सोचते हुए उसका आश्चर्य यथावत था और उसे लग रहा था कि उसने अभी सिर्फ़ 'राई' के दर्शन भर किये हैं और यहाँ लोगों ने उसका पहाड़ बना डाला। अब ख़ुशी से ज़्यादा डर उसके अन्दर समाने लगा। उसने उसी हालत में अर्चना से पूछा– ''कौन तुम्हें यह झूठ बता गया है?''

''अरे, आपका ड्राइवर ही तो आपको स्टेशन से लाने के लिए निकलने के पहले यहाँ बता रहा था कि हो–न–हो सी.एम. ने आपको प्रमोशन की बातचीत करने के लिए बुलाया है।''

''उसे ये सब झूठ किसने बताया? स्वर्णकार ने थोड़ा सा रुष्ट होते हुए पूछा।''

''उसे कौन बतायेगा...ऑफ़िस में सभी अधिकारी यही चर्चा कर रहे थे...उसने बताया।'' अर्चना ने तत्काल जवाब दिया।

स्वर्णकार अब चुप हो गया और तेज़ी से भीतर चला गया। अर्चना भी उसके पीछे–पीछे तेज़ क़दमों से चलते हुए वहाँ पहुँची, जहाँ ड्राइंग रूम में जाकर अपनी टाई की नॉट को ढीला करते हुए स्वर्णकार रुक गया था।

अर्चना की भी ख़ुशी स्वर्णकार की इस प्रतिक्रिया से लुप्त हो चली थी। उसने स्वर्णकार से पूछा– ''अगर यह बात सच नहीं है तो सारे लोग ऐसी बातें क्यों कर रहे हैं कि स्वर्णकार साहब चेयरमैन बनने वाले हैं?''

स्वर्णकार समझ न सका कि पत्नी के इस प्रश्न का जवाब वह उसे किस तरह से दे। उसे यह बिल्कुल विश्वास नहीं हो रहा था कि यह होने के पहले सी.एम. इसे अफ़वाह की तरह तो नहीं उड़ा सकता। फिर भविष्य में सम्भवतः सच हो जाने वाली अफ़वाह आख़िरकार किसने उड़ाई?

बहुत विचारने के बाद उसे याद आया एक वह शख़्स जो सी.एम. के सामने अटेंशन की मुद्रा में खड़ा था। वही एक व्यक्ति था जो उसके और सी.एम. के बीच की बात दरवाज़े के पीछे खड़े होकर चुपके से सुन सकता था। यह सोचकर स्वर्णकार आश्वस्त हो गया कि हो–न–हो उसी व्यक्ति ने यह तथ्य किसी से उजागर किया होगा और संचार के इस चरम युग में इस बात को रातोंरात उसके मुख्यालय तक पहुँचा दिया होगा और चार–पाँच किलोमीटर की परिधि की इस बसाहट में बात को बिना चले–फिरे मिनटों में फैलने में कितनी देर लगती?

इस आश्वस्ति के बाद उसे लगा उसका डर कुछ–कुछ कम हो रहा था। उसने महसूस किया कि षड्यन्त्र की बदबू का कोई चिन्ह इसमें नहीं है। वह तात्कालिक रूप से कोशिश अवश्य करेगा कि यह बात किसी तरक़ीब से झुठला दी जाये उसने तत्क्षण सोचा, पर कैसे? यह अभी सोचना बाकी था।

पत्नी को उसने टॉयलेट में जाने के पहले बता दिया था कि यह बात सच नहीं है लोग बात का बतंगड़ बनाते हैं, किसी ने यूँ ही उड़ा दी होगी। यह सुनकर पत्नी रोज़मर्रा के काम में सहज होकर लग गयी थी उसे वैसे भी पति की नौकरी से सम्बन्धित बातों में दिलचस्पी नहीं के बराबर थी।

सुबह के दस बजने वाले थे और स्वर्णकार डाइनिंग टेबिल पर नाश्ता कर रहा था तभी उसके मोबाइल की घण्टी अचानक बजी। मोबाइल कान में लगाते ही दूसरी ओर उसके पी.ए. ने "गुड मॉर्निंग सर" कहा फिर आगे कहा– "सर, चेयरमैन साहब ने आज एक मीटिंग 12 बजे कॉल की है सर...उन्होंने आप आज ही लौटे हैं, शायद आराम कर रहे होंगे इसलिए डायरेक्ट आपको नहीं लगाया।"

"ओ.के. दीक्षित...पर एजेण्डा क्या है कुछ बताया।" स्वर्णकार ने पूछा।

दीक्षित थोड़ा सा यह सोचकर घबरा गया कि उसे चेयरमैन साहब ने एजेण्डा तो बताया नहीं कि वह बता सके। उसने दहशत में अटकते हुए कहा– "नहीं सर...एजेण्डा तो कुछ बताया नहीं सर।"

''तो मेल चेक करो, उसमें कोई लैटर होगा।'' स्वर्णकार ने प्रतिक्रिया में कहा। पर बिना विलम्ब के दीक्षित ने उधर से बताया– ''नहीं सर, मेल तो मैंने चेक कर लिया, उसमें कोई लैटर नहीं है सर।''

''ठीक है।'' स्वर्णकार ने आश्चर्य में पड़ते हुए कहा और फ़ोन काट दिया। फिर एक–दो पल कुछ सोचते हुए स्थिर रहा फिर बड़बड़ाया– ''अजीब बात है, ऐसा तो पहले कभी नहीं हुआ।''

अपने ऑफ़िस पहुँचकर और कुछ बेहद ज़रूरी फ़ाइलों को उलट–पुलट कर और उनमें वांछित टिप्पणियाँ करते–करते साढ़े ग्यारह बजने को आ गये तो स्वर्णकार ने फ़ाइलें बन्द कर एक किनारे लगाईं और उठ खड़ा हुआ। अपनी आदतों के अनुसार वह किसी भी कार्यक्रम में सबसे पहले पहुँचने का आदी रहा है इसलिए ग्यारह बजकर पैंतीस मिनट पर उसने अपनी कुर्सी छोड़ दी और अपने चैम्बर से बाहर निकल आया। ये मुख्यालय की इमारत का सातवाँ ब्लॉक था। हर ब्लॉक में अधिकारियों के चैम्बर्स के अलावा बड़े–बड़े हॉल हैं जहाँ मिनिस्टीरियल स्टॉफ के लोगों की कुर्सियाँ–टेबिलें लगी हुई हैं। पूरी इमारत सेंट्रली एयरकूल्ड है। इसी सातवें और अन्तिम ब्लॉक से निकलकर स्वर्णकार को पहले ब्लॉक तक जाना था, जहाँ चेयरमैन का ऑफ़िस और उसी से सटा हुआ बड़ा–सा मीटिंग हॉल था। इमारत में तीन मंज़िलें थीं पर स्वर्णकार और चेयरमैन का ऑफ़िस भूतल पर ही था। स्वर्णकार इन जुड़े हुए ब्लॉक में से पैदल होकर ही गुज़रता था, जब कभी भी किसी भी दूसरे ब्लॉक में यदि उसे जाना हो तो। सारे ब्लॉक एक दूसरे से जुड़े थे।

उस दिन भी उसने चेयरमैन के ऑफ़िस जाने के लिए ऐसा ही किया। दरअसल ऐसा करने में उसे परम सुख मिलता था। यह सुख किसी को भी अभिमान से भर सकता था इसलिए उसे भी भरता था। चकाचौंध रौशनी से भरे इन ब्लॉकों से जब वह गुज़रता तो सैकड़ों कर्मचारियों में एक सिहरन दौड़ जाती कि सेक्रेटरी महोदय कहीं भी किसी भी टेबिल पर काम की प्रोग्रेस पूछने पहुँच सकते हैं। उसे देखते ही हर कर्मचारी उसे आदर देने खड़ा हो जाता और झुककर नमस्कार करता।

बिना कुछ किये ही उसका सीना फूल जाता। बीच–बीच में कुछ अफसर भी अगर अपने चैम्बर की ग्लास से उसे देख लेते तो सलाम करने बाहर निकल पड़ते और उसके बाहर निकलने के आशय की जानकारी लेने की कोशिश करते। स्वर्णकार को लोगों के डर से बेइन्तहाँ ख़ुशी मिलती। वह यह जानता था कि यह ख़ुशी अब उसकी आदत हो चली है, वह उसके लिए रोज़ का एक नशा है। वह अब इसके बिना रह नहीं सकता। जब से यह मानसिक परिवर्तन हुआ है तब से ख़ुशी चरम पर पहुँचती रही, उसने इसे असामान्य बिल्कुल नहीं माना। इतने बड़े पद पर पहुँचने और हज़ारों की संख्या में मातहत होने पर यह नहीं होगा तो क्या होगा? अगर स्वर्णकार किसी से पूछे तो जवाब तो सामान्य होगा या ख़ुशी देने वाला ही होगा।

स्वर्णकार की नज़र नहीं पड़ी पर उसे जाते देखकर एक डिप्टी सेक्रेटरी ने देख लिया और अपनी ड्यूटी मानकर उसके समक्ष पहुँचते हुए पूछा– ''सर क्या बात है, कोई काम हो तो बतायें।''

काम तो स्वर्णकार को कोई नहीं था फिर भी उसने यूँ ही पूछ लिया– ''ज्वाइंट सेक्रेटरी साहब अभी तक नहीं आये क्या?''

''नहीं सर आज सी.ई. ऑफ़िस में वे एस.ईस की मीटिंग ले रहे हैं। शाम चार बजे तक वापिस होंगे।'' डिप्टी सेक्रेटरी ने फ़ौरन जवाब दिया। फिर थोड़ा रुक कर फिर पूछा– ''सर कोई काम हो तो मुझे बताये सर, मैं यदि कर सका तो तुरन्त करने की कोशिश करूँगा।''

डिप्टी सेक्रेटरी का इस तरह पूछना स्वर्णकार को अच्छा लगा। एक अहंकार भरी मुस्कुराहट उसके चेहरे पर तैर गयी फिर, केवल कहने के लिए कहा– ''ज्वाइंट सेक्रेटरी साहब से मिलने को कहिएगा, मैं दरअसल चेयरमैन साहब के दफ़्तर जा रहा हूँ। आज बारह बजे मीटिंग है।'' इतना कहते हुए वह एक क्षण के लिए ठिठका और अपनी रिस्ट वॉच पर नज़र डालते हुए कहा– ''पाँच मिनट ही तो बचे हैं बारह के लिए।'' ''जी सर'' डिप्टी सेक्रेटरी ने भी हाँ में हाँ मिलाई और स्वर्णकार तेज़ी से आगे बढ़ गया।

चेयरमैन का दफ़्तर गुलज़ार था। इतनी साफ़–सफ़ाई थी कि स्वर्णकार को लग रहा था कि कहीं वह फिसल न जाये। उनके विशाल चैम्बर के बाहर दो–तीन लोग खड़े थे, उनमें एक चपरासी भी था। उसने सीधे चपरासी को सम्बोधित करते हुए पूछा– "चेयरमैन साहब आ गये?"

चपरासी ने पहले ही उसे आते देख लिया था इसलिए वह पहले से ही सलाम कर चुका था और उसी की ओर बढ़ रहा था। उसने झुककर कहा– "जी सर, साहब तो पाँच मिनट पहले ही आ गये हैं और मीटिंग हॉल में चले गये हैं।"

"अच्छा", स्वर्णकार ने सिर्फ़ इतना कहा और मीटिंग हॉल की ओर बढ़ गया।

मीटिंग हॉल में दाख़िल होते हुए उसने देखा कि चेयरमैन के अलावा दो लोग और भी आ चुके थे। स्वर्णकार की चेयर चेयरमैन के बाद ही लगाई जाती थी क्योंकि यही कायदा था।

सबके चेहरे मुस्कुराते हुए थे। स्वर्णकार ने दोनों हाथ जोड़कर उन्हें ऊपर उठाते हुए सबको नमस्कार किया फिर अपनी निर्धारित चेयर पर जाकर बैठ गया। किंचित वहाँ मौन रहा फिर स्वर्णकार ही बोल पड़ा– "कोई विशेष एजेण्डा है सर क्या आज की मीटिंग का?"

"नहीं स्वर्णकार जी मीटिंग तो रूटीन की है कोई ख़ास एजेण्डा नहीं है।" चेयरमैन ने सहज रूप से कहा, पर आँखें कुछ ढूँढ़ती–सी लगी। वे थोड़ी देर शान्त रहे, उसी वक़्त दूसरे सदस्य भी शान्त रहे फिर उन्होंने स्वर्णकार से पूछा– "वैसे स्वर्णकार जी इस समय प्रशासनिक स्थिति तो बेहतर बनी हुई है किसी तरह का कोई आन्दोलन कम्पनी में नहीं है।"

"जी पिछले छह महीने से कुछ भी नहीं है, इन दिनों मैंने कुछ एक्शन लिए हैं और उनके परिणाम बहुत बेहतर आने शुरू हो गये हैं?" स्वर्णकार ने जवाब दिया।

चेयरमैन और अन्य दूसरे सदस्य उसके जवाब से सन्तुष्ट दिखे पर फिर भी चेयरमैन ने आगे पूछा– "वैसे कौन से एक्शन आपने लिए हैं कुछ उदाहरण के लिए बतायें।"

स्वर्णकार महसूस कर रहा था कि चेयरमैन के लहजे में आदरसूचक पुट दिखाई दे रहा था जो कि पहले कभी नहीं दिखाई दिया था। यह ख़ुशी की बात थी पर यह भी महसूस हो रहा था कि मुख्यमन्त्री से मुलाक़ात के बाद क्या होने वाला है इसका अन्दाज़ा शायद चेयरमैन को हो गया था। स्वर्णकार जानता था कि ख़ुशी के समानान्तर मुसीबतें भी दौड़ती रहती हैं इसलिए उसे सतर्क और चौकन्ना भी रहना ज़रूरी है। इस सबको ध्यान में रखते हुए। उसने उदाहरण के लिए बताना शुरू किया– "सर अभी एक सप्ताह पहले मैंने एक सर्कुलर जारी करके मातहत सभी कार्यालयों से यह जानकारी माँगी है कि कार्यालय में ऐसे कितने कर्मचारी हैं जो पिछले दस वर्षों से एक ही ऑफ़िस में हैं उनके इंटर सर्किल ट्रांसफर प्रपोजल भेजे जायें, या ऐसे कर्मचारी जिनकी सी.आर. में एडवर्स रिमार्क है उनके भी नाम ट्रांसफर प्रपोजल में शामिल किये जायें। इससे हुआ यह है कि कर्मचारी यूनियनों के प्रतिनिधि भी सकते में हैं क्योंकि वे दस तो क्या अब तक की पूरी नौकरी एक ही ऑफ़िस में गुज़ार चुके हैं, इसलिए सब ओर शान्ति क़ायम है।"

यह सुनकर चेयरमैन ने सन्देह जताते हुए कहा– "पर यूनियनों के प्रतिनिधियों के ट्रांसफरों के प्रपोजल आये तो फिर आन्दोलन शुरू नहीं हो जायेंगे?"

"नहीं सर, इसकी एहतियात मैंने बरत ली है। सर्कुलर के साथ जो फार्मेट बनाया है उसमें एक कॉलम ऐसा भी रखा है, जिसमें सम्बन्धित अधिकारी यह रिमार्क दे सकता है कि दस वर्ष होने के बावजूद कर्मचारी उनके लिए ज़रूरी है इसलिए उसके ट्रांसफर को रिकमंड नहीं किया जा रहा है।"

स्वर्णकार इतना कहकर थोड़ी देर को रुका, उसने देखा चेयरमैन के चेहरे पर उसके लिए शाबाशी का भाव था। उसने आगे कहा– "अब मातहत अधिकारी इतने समझदार तो हैं ही कि वे समझ जायेंगे और यूनियन प्रतिनिधियों का ट्रांसफर रिकमंड नहीं करेंगे।"

यह सुनकर चेयरमैन के चेहरे पर आश्वस्ति के भाव दिखे, इतने में हॉल के दरवाज़े के खुलने की आवाज़ हुई। सभी ने उस ओर पलट के देखा। देखा कि एक और बोर्ड मैम्बर बी.एस. उइके हॉल में दाख़िल हो रहे हैं। यह देखकर स्वर्णकार के चेहरे पर वितृष्णा के भाव उभरे। स्वर्गकार के आगे बढ़ने में वही एक रोड़ा है यह सिर्फ़ स्वर्णकार ही नहीं और भी लोग समझते थे। यह अजीब बात थी। इतनी अजीब कि उसको आता देखकर दूसरे लोग प्रसन्न हो रहे थे। चेयरमैन ने बड़ी ख़ुशी से उसका स्वागत किया और उठकर खड़े हुए, हाथ मिलाया यह कहते हुए कि– "आइए उइके जी, कहाँ फँस गये थे, लेट हो गये?"

"सर मैं आप सभी से क्षमा चाहता हूँ, दरअसल मैं सीधे घर से आ रहा हूँ। चला तो सही समय पर था पर रास्ते में कुछ ऐसे लोग मिल गये कि मैं टाल नहीं सकता था। इस तरह फँस जाने की वजह किंचित लेट हो गया...(फिर रुक कर)...क्या एजेण्डे डिस्कस हो गये सर?"

"नहीं उइके जी यह एक रूटीन मीटिंग है सिर्फ़ पुराने एजेण्डे की प्रोग्रेस डिस्कस करना है, वह चल रहा था। अभी एडमिनिस्ट्रेशन पर स्वर्णकार जी से बातचीत हुई, सब शान्तिपूर्ण तरीक़े से चल रहा है...आप ऑपरेशन और मेंटेनेंस देख रहे हैं बताइये क्या प्रोग्रेस है रेवेन्यू की?"

"सर पिछले महीने का टारगेट अचीव्ह हो गया था, इस महीने के तो सिर्फ़ पन्द्रह दिन निकले हैं और मैं समझता हूँ इस महीने ही टारगेट पूरा हो जायेगा।" उइके ने अपनी चेयर पर बैठते हुए कहा।

चेयरमैन ने इतना सुनते हुए कहा– "देखिये उइके साहब रेवेन्यू पर किसी भी तरह की ढील नहीं होनी चाहिए, मुख्यमन्त्री भी समय–समय पर रेवेन्यू की स्थिति पूछते रहते हैं, अगर हम पिछड़े तो जवाब देना मुश्किल हो जायेगा।"

स्वर्णकार सेक्रेटरी था इसलिए उसे भी बोलने का अधिकार तो था इसलिए मौक़ा पाकर उसने कहा– "देखिये उइके साहब, जिस तरह पिछला महीना अचीव्ह हुआ, यह महीना भी अचीव्ह करना है,

नहीं तो वास्तव में मुख्यमन्त्री महोदय को जवाब देना मुश्किल हो जायेगा और खामोखाह अधिकारियों को मेमो सर्व करने पड़ेंगे..आप समझ रहे हैं न?''

स्वर्णकार की बात पर उइके अन्दर से बुरी तरह जल–भुंज गया पर बहुत संजीदगी से उसने स्वर्णकार को जवाब दिया– ''आप निश्चिन्त रहें सर, टारगेट हर हाल में अचीव्ह करेंगे, इतना तय है, मैंने सारे फील्ड को लगा दिया है, वे सब सफल होंगे।''

सुनकर स्वर्णकार ने कहा– ''वेरी गुड उइके साब।''

स्वर्णकार की शाबाशी देने के बावजूद शायद चेयरमैन सन्तुष्ट नहीं हुए इसलिए उन्होंने पूछा– ''वैसे किस तरह के प्रबन्ध किये हैं आपने फील्ड में?''

''सर, एस.ईस के अलावा अधिकांश मिनिस्ट्रीयल स्टॉफ को भी वसूली में लगा दिया है।'' उइके ने बताया तो तत्काल स्वर्णकार बोला– ''पर क़ानूनन मिनिस्ट्रीयल स्टॉफ को तो लगाया नहीं जा सकता, उनकी आपत्ति होगी तो क्या करेंगे?''

''नहीं सर आपत्ति हो नहीं सकती क्योंकि आदेश इस तरह निकाले हैं कि कोई नहीं भी जायेगा तो उस पर कार्यवाही नहीं होगी।''

''यह तो ठीक है पर एक भी आपत्ति आने पर आप ऑर्डर्स वापिस ले लें, इसकी सावधानी अवश्य रखें।'' स्वर्णकार ही फिर से बोला।

इतने में चेयरमैन बोल पड़े– ''बहुत सावधानी रखना ज़रूरी है नहीं तो लोग कोर्ट भी पहुँच जाते हैं।''

''जी सर।'' उइके ने सिर्फ़ इतना कहा।

''कोई भी केस कोर्ट पहुँचता है तो लोग चेयरमैन और सेक्रेटरी को पार्टी बनाते हैं और कई बार कोर्ट ऐसे आदेश पारित करता है जिसमें व्यक्तिगत उपस्थिति ज़रूरी हो जाती है...इसमें विभाग की बड़ी बदनामी होती है...ये सब नाजुक बातें हैं उइके साहब।'' स्वर्णकार ने समझाने वाले लहजे में कहा।

उइके कोटे वाला ज़रूर था पर बेवकूफ़ नहीं था इसलिए तत्काल बोला– ''सर वे सब मेरी जवाबदारी है, निश्चिन्त रहें।''

अब इसके आगे कोई कुछ बोल तो सकता नहीं था इसलिए स्वर्णकार ही बोला– "तब तो ठीक है।"

कुछ और मुद्दों के विचारोपरान्त मीटिंग लगभग एक घण्टे बाद चाय–नाश्ते सहित समाप्त हो गयी।

❑

मीटिंग से लौटने के बाद स्वर्णकार ख़ुद को लेकर विचार करता रहा कि मीटिंग में लोगों के व्यवहार से यह समझ आ गया था कि सारे मेम्बर्स स्वर्णकार के भविष्य को देख और सोच–समझ कर बातचीत कर रहे थे। वे ऐसे व्यवहार कर रहे थे जैसे निश्चित रूप से अगला चेयरमैन स्वर्णकार को ही बनना है। यह विश्वास स्वर्णकार को कुछ कर गुज़रने को प्रेरित कर रहा था। वह यह महसूस कर रहा था कि निष्क्रियता की स्थिति में पीछे पूँछ वाली जगह में गड़न महसूस होती थी और इस गड़न से निजात कुछ कर गुज़रने पर ही मिलती थी। अपने चैम्बर में लौट आने पर स्वर्णकार यही गड़न महसूस कर रहा था और इसे महसूस करते हुए कुछ कर गुज़रने की इच्छा की ओर बढ़ रहा था। प्रदेश के मुखिया अर्थात् मुख्यमन्त्री के निर्देश पर जो करना था उसके लिए सर्वमान्य बात यह थी कि स्वर्णकार का एक जबर्दस्त आतंक विभाग में होना ज़रूरी था। इसे सृजित करने के लिए सबसे पहले उसने एक परिपत्र (सर्कुलर) तैयार किया। इस परिपत्र के मुताबिक सारे कर्मचारियों और अधिकारियों को निर्धारित समय पर अपने–अपने कार्यालय पहुँचना है अन्यथा मेमो के अलावा 'कारण बताओ' नोटिस भी सक्षम अधिकारियों द्वारा जारी किया जा सकेगा। किसी भी कर्मचारी अथवा अधिकारी द्वारा किसी भी तरह के अपव्यय पर कार्यवाही की जा सकती है। किसी भी अधिकारी या कर्मचारी के राजनीति में संलिप्त पाये जाने पर कठोर कार्यवाही की जायेगी। अन्य कई बिन्दुओं के अलावा यह भी था कि तमाम

विभागीय गतिविधियों को मॉनीटर करने के लिए पूरे प्रान्त में लगभग दस फ्लाइंग स्क्वॉड तैयार किये जा रहे हैं। फ्लाइंग स्क्वॉड में तैनात अधिकारियों को इतना सक्षम किया जा रहा है कि वे अनियमितता और कदाचरण देखते ही उचित कार्यवाही कर सकें।

पूरा सर्कुलर स्वर्णकार ने ख़ुद तैयार करके स्टेनो को बुलाया। स्टेनो के आते ही उससे कहा– ''यह Confidential है एहतियात बरतते हुए टाइप करें और पूरे प्रान्त में सर्कुलेट कर दें इ–मेल के जरिये।

''जी सर'' स्टेनो ने संक्षित या जवाब दिया और चैम्बर से बाहर हो गया।

अब चैम्बर में एकान्त था। तभी स्वर्णकार ने महसूस किया गड़ने वाला एहसास कम हो गया है। पूरी तरह इस एहसास को विलुप्त होने में समय लगेगा। जब तक रणनीतिक रूप से चीज़ें तय नहीं हो जातीं, इससे पूरी तरह छुटकारा मुमकिन नहीं। इस विचार के साथ स्वर्णकार आगे के एक्शन के बारे में विचार करने लगा। थोड़ी देर बाद ही उसने तय कर लिया कि आगे क्या करना है। इस मुहिम में सबसे ज़रूरी काम है अर्थोपार्जन और वह भी मुकम्मल, इतना मुकम्मल कि देने के बाद भी शेष रहे। इस योजना की धुँधली–सी तस्वीर उसके जेहन में थी। उसे पूर्णाकार देना अभी बाकी था। उसने अपनी एक बड़ी–सी डायरी अपने ब्रीफकेस से निकाली और उसमें लिखा कि हर महीने रीजनल चीफ़ इंजीनियरों की मीटिंग करना है। मीटिंग में सामान्यतः मुद्दे क्या रहेंगे यह नहीं लिखा, क्योंकि वह उसके अन्तर्मन तक सीमित रहेगा। पूरे प्रदेश में पाँच रीजनल चीफ़ इंजीनियर नियुक्त थे।

सभी रीजनल चीफ़ इंजीनियर्स को सम्बोधित करता एक पत्र उसने तैयार किया, जिसमें हर महीने के तीसरे शनिवार को मीटिंग लेने की जानकारी थी। यह मीटिंग सेक्रेटरी के चैम्बर में होनी थी।

यह सर्कुलर भी जारी कर दिया गया। यह गोपनीय था। इसे गोपनीय क्यों रखा गया यह बात किसी की समझ नहीं आयी थी।

जब यह पत्र सम्बन्धितों को मिला तो गोपनीयता को लेकर तरह–तरह की अटकलें चलती रहीं। स्वर्णकार जानते हुए इसका मजा ले रहा था। उधर 10 वर्षों से एक ही ऑफ़िस में जमे कर्मचारियों और अधिकारियों के ट्रांसफर प्रपोजल वाला सर्कुलर पूरे प्रान्त में पहले ही पहुँच गया था। जैसा कि आम तौर पर होता है उसकी गोपनीयता भंग हो चुकी थी और विभाग के चप्पे–चप्पे में यह चर्चा व्याप्त थी और सभी अपने–अपने वर्षों की गणना करने में लगे थे। जो सीमा में आ गये थे उनके भीतर जबर्दस्त दहशत व्याप्त हो गयी थी। फ्लाइंग स्क्वॉड के नाम पर लोगों में भयंकर ग़ुस्सा भर गया था। सिर्फ़ अनुशासन में रहने वाले या चाटुकार किस्म के अधिकारियों–कर्मचारियों के पूर्ववत् मजे थे। लेकिन कहा यही जा सकता है कि पूरे प्रान्त में भय का गहरा वातावरण बन गया था। इस तरह की तमाम ख़बरें अनौपचारिक रूप से स्वर्णकार के पास पहुँच रही थीं। पूरे प्रान्त के कार्यालयों में सद्भाव, जो हमेशा परस्पर बना रहता था, वह ख़त्म हो गया था, लोग एक–दूसरे को दुश्मनी से देखने लगे थे, परस्पर सन्देह पैदा हो गया था। स्वर्णकार यही चाहता था कि लोगों की एकजुटता टूटे, समाप्त हो। जो वह चाहता था बाकायदा वैसा ही हो रहा था। दहशत और भय का वातावरण बनाने में वह अच्छी तरह कामयाब हो गया था। अब वह एक तरह से कुछ भी कर गुज़रने के लिए आज़ाद था।

यह वही दौर था जब कम्पनी के लोग आकर उसे बताते थे कि उसकी छवि विभाग में उच्चकोटि की है और उसकी ईमानदारी का उदाहरण जब–तब लोग एक–दूसरे को देते रहते हैं।

इतने काम कर लेने के बाद स्वर्णकार ने राहत महसूस की, उसकी पीछे की गड़न विलुप्त हो गयी थी। उसे मालूम था कि यह गड़न कभी भी दुबारा उभर सकती है। उसने तय किया कि काम ऐसे करते जाना है कि यह गड़न दुबारा न उभरे।

❑

अगले महीने का तृतीय शनिवार आ गया था और स्वर्णकार सुबह ही से प्रसन्न था क्योंकि आज भविष्य की महत्त्वाकांक्षा के सुपरिणाम के लिए पहला ज़रूरी क़दम उठाना था। रीजनल चीफ़ इंजीनियर्स की मीटिंग के लिए उसने दोपहर तीन बजे का लंच के बाद का समय निर्धारित किया था। दोपहर तीन बजे तक का समय अजीब–सी बेचैनी और प्रसन्नता में कटा। तीन बजने के पहले स्वर्णकार ने अपने चपरासी से कह दिया था कि चीफ़ इंजीनियर्स के आते ही वह कॉफ़ी–बिस्किट का इन्तज़ाम कर दे।

स्वर्णकार के चैम्बर के बाहर एक दो चमकती स्टील की बेंचें लगी हुई थीं। तीन बजते न बजते पाँचों चीफ़ इंजीनियर्स बारी–बारी से आकर उसमें बैठते गये और स्वर्णकार के चपरासी से कहते गये कि साहब से वह जाकर कहे कि हम आ गये हैं। लगभग तीन बजकर पाँच मिनट तक सभी पाँच चीफ़ इंजीनियर्स आ गये तब जाकर चपरासी ने पाँचों के पहुँचने की सूचना स्वर्णकार को दी।

स्वर्णकार ने चपरासी को आदेश दिया कि सबको अन्दर भेज दे। कुछ ही सेकेण्ड्स में पाँचों चीफ़ इंजीनियर्स अन्दर आ गये। स्वर्णकार ने खड़े रहते हुए सबका स्वागत किया फिर सबको बैठने का निवेदन किया, साथ में ख़ुद भी बैठ गया। बिना देर किये चपरासी सबके लिए कॉफ़ी ले आया। कॉफ़ी की चुस्कियों के बीच ही स्वर्णकार ने सबको सम्बोधित करना शुरू किया– "हर महीने चलने वाली इस मीटिंग में, मैं आपका स्वागत करता हूँ।...मैंने मीटिंग का कोई एजेण्डा नहीं दिया है ये सब आप लोग सोच रहे होंगे, पर मैंने जानबूझकर इसे अनौपचारिक बना दिया है ताकि आप लोगों को कोई तनाव न हो। तनाव होने से कार्य सुचारू रूप से अक्सर नहीं हो पाते इसलिए मैंने यह विधि अपनाई है, मैं समझता हूँ आप सब इसे पसन्द करेंगे और कोई तनाव अपने ऊपर नहीं लेंगे।"

स्वर्णकार के रुकने पर समवेत स्वर वहाँ सुनाई पड़ा– "जी सर।" इस बीच स्वर्णकार का स्टेनो मीटिंग के मिनट्स लिखने चैम्बर

के भीतर आ चुका था और लिखना शुरू कर चुका था। उसे मालूम था कि क्या लिखना है और क्या नहीं लिखना है।

फिर एक चीफ़ इंजीनियर ने चापलूसी में कहा– ''साहब आप इन्हीं वजहों से प्रसिद्ध और प्रिय हैं, आपकी आत्मीयता का कोई जवाब नहीं।''

इस पर बाकी चार और चीफ़ इंजीनियर ने समवेत स्वर में दुबारा कहा– ''ये बिल्कुल सच बात है सर।''

ये सब सुनकर भीतर–ही–भीतर स्वर्णकार बहुत प्रसन्न हुआ पर यह दिखाते हुए कि वह बिल्कुल सहज है, कहा– ''चलिए ये सब तो ठीक है। सबसे पहले मुझे यह बताइये कि रेवेन्यू का टारगेट हर महीने पूरा हो रहा कि नहीं? इस बार भी समवेत स्वर था– ''जी हो रहा है सर।''

स्वर्णकार इस समवेत स्वर को सुनकर मुस्कुराया और सोचा कि क्या फायदा दूसरे किस्म की बातें करने का, सीधे अलिखित मुद्दे पर आना चाहिए, इसलिए उसने कहा– ''डेलीगेशन ऑफ़ पावर के अनुसार आप लोगों की परचेस कैपेसिटी तीस लाख हर महीने है, मैं एक प्रपोजल तैयार कर रहा हूँ, जिसमें यह कैपेसिटी पचास लाख हर महीने की होनी चाहिए, क्या राय है आप लोगों की?''

समवेत स्वर बदला नहीं था एक साथ आवाज़ आयी– ''सर इससे अच्छी बात क्या हो सकती है? आप शीघ्र कृपा करें।''

''कृपा तो हो ही जायेगी पर इतनी आसान नहीं है, आसानी आप लोग पैदा कर सकते हैं...मेरे कहने का मतलब आप लोग समझ रहे हैं कि नहीं?'' स्वर्णकार ने अब यह कहते हुए असल बात अप्रत्यक्ष कह दी।

समवेत स्वर तब भी नहीं बदला और पाँचों चीफ़ इंजीनियरों की आवाज़ आयी– ''हम समझ रहे हैं सर।''

''हाँ पर कितना समझ रहे हैं?'' सभी इंजीनियरों पर निगाह डालते हुए स्वर्णकार ने पूछा।

इस पर एक इंजीनियर ने चार और इंजीनियरों से पूछा– "आप लोग कहें तो मैं सेक्रेटरी साहब से कह दूँ?"

यहाँ भी समवेत स्वर था। चारों चीफ़ इंजीनियरों ने कहा– "अब कह डालिए भी।"

इतना सुनकर पहले इंजीनियर ने स्वर्णकार से कहा– "सर आज की स्थिति में पन्द्रह परसेंट और कैपेसिटी बढ़ने पर बीस परसेंट कहीं नहीं जायेंगे सर।"

स्वर्णकार तुरन्त बोला– "ओ के।"

स्वर्णकार के कमरे में छह लोग निर्वस्त्र हो चुके थे, यह किसी को मालूम नहीं था। इसे वे नंगा होना नहीं कहते थे बल्कि यह अद्भुत पारदर्शिता थी जिसमें नंगी आँखों से सब कुछ दिखता था। यह पारदर्शिता कभी नहीं बनती यदि प्रदेश के मुखिया याने मुख्यमन्त्री से स्वर्णकार पिछले दिनों मिलकर आया नहीं होता। यह पारदर्शिता यहाँ से लेकर प्रदेश के मुखिया के कार्यालय तक थी। और सबसे दिलचस्प बात यह थी कि पूरा देश इस तरह की पारदर्शिता से अटा पड़ा था और सब तरफ़ स्वीकृत था। अस्वीकृति में सिर हिलाने वाले लोगों की भारी कमी थी। ये वो लोग थे जो जानते–बूझते कम हो गये थे। अधिसंख्य भाग इस बारे में कुछ जानता नहीं था और उनको बताने वाला कोई नहीं था। वे सब असंगठित थे।

बहुत सारी अनौपचारिक बातों, सामाजिक चर्चा और हँसी–मज़ाक के बाद मीटिंग ख़त्म हो गयी। पाँचों इंजीनियर्स अपने–अपने क्षेत्र के लिए रवाना हो गये।

अब स्वर्णकार अपने चैम्बर में फिर अकेला था। मीटिंग लगभग दो घण्टे चली थी और स्वर्णकार एक स्ट्रेस महसूस कर रहा था, लेकिन तब भी उसके भीतर अर्थोपार्जन की गणना चल रही थी। वह उस सीमा की कल्पना भी साथ में कर रहा था जब माँग की आपूर्ति वह कर पायेगा और प्रदेश के मुखिया के इशारे पर वह चेयरमैन के पद पर आसीन होगा। अब उसके लिए यह दिवास्वप्न कतई नहीं रह गया था, बल्कि थकान की एक हल्की–सी झपकी में वह अज़ीब–सा

सपना देख लेता जहाँ वह एक छोटे से बच्चे में परिवर्तित है और एक झूले में पड़ा है और प्रदेश का मुखिया वह झूला, झुला रहा है। सपना इसके आगे नहीं बढ़ पाता और झपकी टूट जाती। इस झपकी का टूटना उसे अच्छा नहीं लगता। उसे मालूम था कि यह सपना अभी आगे नहीं बढ़ेगा और झपकी बार–बार टूटेगी। इसे आगे बढ़ाने के लिए पूरा वक़्त सक्रिय रहना है इसलिए फौरी गणना करना भी ज़रूरी है ताकि अन्दाज़ा लगाया जा सके कि आपूर्ति कब तक हो सकेगी। उसे लगता था कि यह आपूर्ति वह वर्तमान चेयरमैन के रिटायर्ड होने के पहले कर लेगा। वह अपनी इस गणना में अब ख़ुद को भी शामिल कर रहा था क्योंकि डेलीगेशन ऑफ़ पावर के मुताबिक हर महीने में एक करोड़ की परचेस के पावर उसके पास भी थे।

उसने फ़ौरन अपने पी.ए. दीक्षित को बुलाया, दीक्षित के आते ही उससे पूछा– "दीक्षित जो ट्रांसफार्मर्स के प्रोक्योरमेंट (प्राप्ति) के लिए इन्क्वायरी की थी, उसके कोटेशन आ गये कि नहीं?"

"जी सर आ गये थे, परसों ड्यू डेट थी और कोटेशन खोलकर कम्पेरेटिव स्टेटमेंट तैयार कर लिया है सर।"

"ओ.के., लोएस्ट किसका है?"

"सर लोकल है, मैसर्स रूबी एन्टरप्राइजेज का लोएस्ट है।" दीक्षित ने फ़ौरन जवाब दिया।

"अरे वैरी गुड!... एक काम करो, उसके प्रोपराइटर को फ़ोन करो और कहो कि मैंने फ़ौरन उन्हें बुलाया है।" स्वर्णकार ने ख़ुश होते हुए कहा।

"जी सर।" दीक्षित ने कहा और तुरन्त चैम्बर से बाहर निकल गया।

लगभग चालीस मिनट बाद रूबी एन्टरप्राइजेज का प्रोपराइटर स्वर्णकार के चैम्बर में था। लगभग दस मिनट बाद वह स्वर्णकार के चैम्बर से बाहर आया तो बहुत ख़ुश था। दीक्षित ने अपने केबिन से उसे जाते हुए देखा और सब कुछ समझ गया। अपनी पच्चीस साल की नौकरी में वह सब कुछ समझता आया है इसी तरह।

एक बात और थी जिसे लोग समझ रहे थे अथवा नहीं कि स्वर्णकार के बँगले में पाँचों चीफ़ इंजीनियर के अलावा और भी छोटे–बड़े अधिकारियों का आना–जाना बढ़ गया था। देख लेने वाले को भी यह पता नहीं था कि वे लोग क्यों आते–जाते हैं। यह ज़रूर लोग देखते थे कि हर आने–जाने वाले अधिकारी के हाथ में ब्रीफकेस ज़रूर होता था जो जाते वक़्त वजनदार और लौटते हुए हल्का होता था। यह रहस्यमय था पर लोग नहीं जानते थे। पर ऐसा कैसे हो सकता था कि कम्पनी में सबको ख़बर हो और कार्यपालिक निदेशक, बी.एस. उइके, जो कि बोर्ड मैम्बर भी था, को पता न चले कि स्वर्णकार की क्या गतिविधियाँ चल रही हैं। किसी भी जगह पर गतिविधियों की जानकारियाँ ज़रूरी नहीं कि जुबानी तौर पर यहाँ से वहाँ होती हों, ये सब न दिखने वाली तरंगों से गतिमान रहती हैं। इन्हीं तरंगों ने उइके को सब ज़ाहिर कर दिया। स्वर्णकार को मुख्यमन्त्री के बुलावे का अर्थ अगर कोई अच्छी तरह समझता था, तो वह उइके ही था। स्वर्णकार को उइके बिल्कुल नहीं भाता था यह उइके को काफ़ी अच्छी तरह पता था और उइके स्वर्णकार के प्रति अपनी नफरत को छिपा–छिपा कर भी प्रकट करता रहता था। न दिखने वाली जबर्दस्त स्पर्धा दोनों के बीच थी। उइके की राह में स्वर्णकार ही एक मात्र रोड़ा था। उइके इस रोड़े को हटाने की कोशिशों में तब भी जुटा रहता जबकि उसे मालूम था कि फिलहाल यह नामुमकिन है।

इस सम्बन्ध में एक कोशिश का मौक़ा उसे जल्द ही मिल गया। यह जल्दी भी उसे बहुत देर जैसी लगी।

उइके और स्वर्णकार में गलाकाट प्रतियोगिता है यह किसी से छिपा नहीं था। कम–से–कम ट्रेड यूनियनों के तमाम नेता इस बात से अच्छी तरह परिचित थे। ऐसे ही एक नेता की मिलने की पर्ची जब चपरासी ने लाकर दी तो उइके ने फ़ौरन उसे बुला लिया।

बिजली मज़दूर संघ का नेता सीतारमण जो अपनी यूनियन का महासचिव भी था, जब अन्दर आया तो उइके ने बेहद गर्मजोशी से उसका स्वागत किया।

उइके की गर्मजोशी, सीतारमण को आश्चर्य में डालने वाली थी। फ़ौरन तो उसे कुछ समझ में नहीं आया।

सीतारमण एक छोटे से काम से उइके के पास आया था। सीतारमण के एक सहयोगी का स्थानान्तरण निरस्त करवाना था। उसने वह बात उइके से कही तो उइके ने तुरन्त हामी भर दी, जिसे सुनकर सीतारमण दुबारा आश्चर्य में पड़ गया। सीतारमण को उइके के इतनी जल्दी मान जाने की उम्मीद नहीं थी। उइके को इस तरह के कामों के लिए काफ़ी देर तक समझाना पड़ता था, प्रार्थना, याचना करनी पड़ती थी तब कहीं जाकर काम बनता था।

सीतारमण को काम की हामी भरने के तुरन्त बाद उइके ने सीतारमण से पूछा– ''और क्या हाल–चाल हैं, यूनियन का काम कैसा चल रहा है?''

''जी सर, ठीक चल रहा है, लेकिन अब एक बड़े आन्दोलन की तैयारी करनी है।'' सीतारमण भी तुरन्त बोला।

''अरे, अरे कैसा आन्दोलन भाई, अभी तो सब सुचारू रूप से चल रहा है।'' बड़े नाटकीय अन्दाज़ में उइके ने प्रश्न किया, जबकि वह सीतारमण के आशय को अच्छी तरह समझ रहा था। वह जानता था कि स्वर्णकार के द्वारा निकाले गये परिपत्रों का खासा असर विभागीय कर्मचारियों पर हुआ है और वे आन्दोलित हैं।

''कुछ भी सुचारू रूप से नहीं चल रहा है, क्या आपने सेक्रेटरी महोदय के परिपत्रों को नहीं पढ़ा?...सारे परिपत्र कर्मचारी विरोधी हैं, वे कर्मचारियों की आज़ादी पर बड़ा अंकुश लगाने वाले हैं। अब कर्मचारी मूतने जाने से भी डरने लगा है। चारों तरफ़ फ्लाइंग स्क्वॉड का डर पैबस्त है। लोग ट्रांसफर न हो जायें, इस बात से बुरी तरह डरे हुए हैं...डर के माहौल में काम कैसे हो सकेगा...इसकी कल्पना करिए जरा?''

उइके यही सब तो सुनना चाहता था, उसे मौक़ा चाहिए था और वह मौक़ा सीतारमण ने उसे दे दिया था इसलिए बिना देर लगाये उसने कहा– ''ये सब तो सीतारमण जी आप ठीक कह रहे हैं इससे

तो बड़ा फ़र्क पड़ेगा ही काम पर, यह सेक्रेटरी महोदय ने शायद सोचा नहीं होगा, आप नहीं चाहेंगे तब भी आन्दोलन तो होगा ही।

"मैं कैसे नहीं चाहूँगा, सब कुछ तो मुझे ही करना है।" सीतारमण बोला। फिर थोड़ी देर रुकने के बाद कहा– "अब आज्ञा चाहूँगा सर।"

"ठीक है, मेरे सहयोग की ज़रूरत पड़े तो बेहिचक बताना।" उइके ने जैसे सीतारमण को जाने की इजाज़त देते हुए कहा।

"जी ज़रूर सर" सीतारमण ने इतना कहा और उइके के चैम्बर से बाहर हो गया।

❐

दो महीने गुज़र चुके थे और पूरी कम्पनी में सन्नाटा था। यह सन्नाटा कर्मचारियों के लिए था पर स्वर्णकार के लिए यह शान्ति थी। वह इससे ख़ुश था। कोई तूफ़ान आने वाला है इसकी जानकारी नहीं थी और हो भी नहीं सकती थी। क्योंकि इस सम्बन्ध में कभी किसी को कुछ पता नहीं चला था। दूसरी ओर सीतारमण तेज़ी से सक्रिय था। सीतारमण की यह आदत थी कि वह अपनी योजनाओं को जब तक अमल तक न पहुँचा दे तब तक किसी को कुछ बताता नहीं था। वहाँ भीतर ही भीतर बहुत कुछ चल रहा था जिसका भी पता लोगों को नहीं था। सीतारमण अपने इस आचरण की वजह से प्रसिद्ध था।

लेकिन एक बात सबको पता चल रही थी कि उइके के चैम्बर में सीतारमण का आना–जाना बढ़ गया था और बहुत से लोगों का यह भी दावा था कि सीतारमण उइके साहब के बँगले में भी कभी–कभी रातों में देखा जाता है। पर, इस बात के रहस्य को जानने की कोशिश किसी ने नहीं की। लोग जानते थे कि सीतारमण अपने संगठन के लोगों का हितैषी तो था पर उसके रास्ते में अगर किसी ने रोड़ा लगाया तो वह उसका स्थानान्तरण अपने प्रभाव से इतनी दूर करवा देता था कि उस व्यक्ति की स्थिति छिन्न–भिन्न हो जाती थी। तब या तो उसके सामने आत्मसमर्पण का रास्ता बचता था या फिर चुपचाप भुगते जाने का। फिर आत्मसमर्पण पर काम को सुलझाने के

लिए संगठन की या व्यक्तिगत सीतारमण की आर्थिक मदद करने की ज़रूरत होती थी। इस ज़रूरत से व्यक्ति बुरी तरह टूट जाता था और सदा के लिए सीतारमण का पिट्ठू बन जाता था।

पूरे कम्पनी के कर्मचारियों के बीच सीतारमण को लेकर खुसुर–पुसुर तो चलती ही रहती थी और इस बात को सीतारमण अच्छी तरह जानता था और इसे अपनी शक्ति मानता था।

कम्पनी में दूसरे कर्मचारी संगठन भी थे पर सबसे ज़्यादा सदस्य संख्या सीतारमण के संगठन की थी इसलिए कर्मचारियों के बीच एकछत्र राज्य सीतारमण का ही था, यहाँ तक कि अधिकारी वर्ग भी इस बात को अच्छी तरह समझता था इसलिए दूसरे कर्मचारी संगठनों की कोई औकात नहीं बनती थी। उनके किसी भी तरह के कामों को वह तरजीह नहीं मिलती थी जो सीतारमण के संगठन के कामों को दी जाती थी। इससे सभी को यह बात ज़ाहिर थी कि सीतारमण ही सबसे बड़ा कर्मचारियों का नेता है।

देश में वह दौर मिले–जुले राजनीतिक दलों की सक्रियता का था, इसलिए सीतारमण का संगठन किसी एक राजनीतिक दल से सम्बद्धता का नहीं था। यह सबसे अच्छी बात थी। सीतारमण इसका पूरा फायदा उठा रहा था। उससे बड़ी बात यह थी कि केन्द्र में सरकार मिले–जुले राजनीतिक दलों की ही थी जिसे जन मोर्चा नाम दिया गया था। इस स्थिति में सीतारमण बड़े आराम से किसी भी केन्द्रीय मन्त्री से मिल–मिलाकर अपना काम करवा लेता था। स्थिति यहाँ तक थी कि कभी–कभी उसकी कम्पनी के अधिकारी भी अपने कामों के लिए उसी से कहते थे। इससे भी उसका दबदबा बढ़ता था। सभी अधिकारीगण उसकी इस शक्ति को अच्छी तरह पहचानते थे। उसकी नौकरी को लगभग पच्चीस वर्ष हो गये थे पर वह इस दौरान कहीं भी ट्रांसफर पर नहीं गया था। वह कम्पनी के एक ए.ई. स्तर के अधिकारी के फील्ड ऑफ़िस में पदस्थ था और सुबह केवल उपस्थिति रजिस्टर में हस्ताक्षर करने पहुँचता और शेष दिन उसकी अपनी नेतागिरी चमकाने में गुज़रता था।

जुलाई माह की कोई रात थी। रिम–झिम पानी बरस रहा था और सीतारमण उइके के बँगले के ड्राइंग रूम में बैठा कॉफ़ी की चुस्कियाँ ले रहा था। सामने के बड़े सोफ़े पर उइके पसरा हुआ था और गर्म कॉफ़ी के बड़े–बड़े घूँट मार रहा था। दोनों की कॉफ़ी लगभग एक साथ समाप्त हुई। उइके के चेहरे पर एक खास तरह की बेचैनी नज़र आ रही थी। वह किसी बात के लिए उतावला था। उतावलापन इसलिए नहीं कि बात शीघ्र कहना है बल्कि इसलिए कि उसे किस तरह कहना है? वह समझ नहीं पा रहा था कि उसे कहने के बाद सीतारमण क्या प्रतिक्रिया करेगा?

क़रीब दो मिनट मौन में गुज़रे फिर अचानक सीतारमण बोला– ''तो साहब अब आज्ञा चाहूँगा।''

''अरे! अरे!!... इतनी जल्दी क्या है अभी बैठिए।'' उइके ने तुरन्त कहा लेकिन पल भर रुकने के बाद सीतारमण ने फिर कहा– ''यूनियन के कुछ काम निबटाने हैं, कल फिर आपसे मिलता हूँ।''

पर अब उइके का धीरज टूट गया, उसने कहा– ''दो मिनट तो रुकिये आपसे कुछ ज़रूरी बात करनी है।''

सीतारमण यह सुनकर मौक़े की नजाकत को फ़ौरन समझ गया और विस्मय सहित पूछा– ''चलिए जल्दी करिए, आप क्या कहना चाहते हैं?''

कुछ पल उइके सीतारमण के चेहरे को गौर से देखता रहा और अन्ततः कहा– ''क्या आपको मालूम है कि इस समय सेक्रेटरी साहब की कमाई करोड़ों तक पहुँच गयी है?''

''अरे उइके साहब इसमें कौन–सी बड़ी बात है, हर सेक्रेटरी अपने कार्यकाल में कमाता ही है, इसमें नई बात क्या है?'' सीतारमण के चेहरे से यह कहते हुए विस्मय की रेखाएँ मिट गयी थीं।

''पर आप इस बात को तो समझें कि उनकी गति इतनी तीव्र है कि उन्होंने पिछले तीन माह में लगभग पाँच करोड़ कमा लिए हैं...मेरे अनुभव में ऐसा कभी नहीं हुआ।'' इतना कहते हुए उइके लगभग खिसिया गया था।

अब फिर सीतारमण को आश्चर्य हुआ और उसने हड़बड़ी में पूछा– "क्या यह सच बात है उइके साहब?"

"सौ प्रतिशत सच है, मेरे इन्फार्मर्स कभी ग़लत आँकड़ा नहीं देते।" उइके ने तुरन्त कहा।

सीतारमण उइके को देखते हुए काफ़ी देर तक कुछ सोचता रहा फिर कहा– "ऐसा तो वास्तव में मेरी जानकारी में भी कभी नहीं हुआ। स्वर्णकार कितने अनुशासन प्रिय व्यक्ति थे कि सारे लोग उनसे प्रेम करते थे, उनका आदर करते थे, और आज कहाँ गिरके पहुँच गये हैं?"... "मैं तो इसे ख़ैर अपने तरीक़े से उठाऊँगा ही, पर आप मुझसे क्या चाहते हैं?" तब उइके ने कहा– "सीतारमण जी यह गिरने का ज़माना है, गिरना तेज़ी से होता है, जितनी तेज़ी से गिरोगे, उतना ही तेज़ी से ऊपर जाओगे।"

उइके सीतारमण की प्रतिक्रिया पर बहुत ख़ुश हुआ और बिना देर किये फिर से कहा– "मैं चाहता हूँ कि आप इसकी शिकायत लोकायुक्त तक पहुँचाएँ।"

यह सुनकर सीतारमण सोच में पड़ गया। फिर काफ़ी सोचने के बाद उसने उइके से कहा– "नहीं साहब मेरा डायरेक्ट इन्वॉल्व होना ठीक नहीं है। मैं अपने मंचों से लगातार यह आरोप स्वर्णकार साहब पर मढ़ता रहूँगा, इससे आप निश्चिन्त रहिए लेकिन क्षमा करिये यह न कर पाऊँगा। बल्कि आप अपने रिसोर्सेस का उपयोग करिये... किसी शातिर वकील को पकड़िए, उससे कराइये....हाँ इसमें पैसे ज़रूर खर्च होंगे...उसका ध्यान रखना पड़ेगा। मैं अगर कर सकता तो ज़रूर करता क्योंकि यह सेक्रेटरी तो अभूतपूर्व है, इसने हम सभी का जीना हराम कर रखा है। मैं भी हिसाब चुकाने वाला हूँ पर मेरा तरीक़ा आप जानते ही हैं।"

सीतारमण के इतना लम्बा बोलने के बाद उइके के पास बोलने के लिए कुछ था नहीं इसलिए उसने चुप लगाना ही बेहतर समझा और अन्त में कहा– "जैसी आपकी मर्जी, वैसे आपके अलावा और कोई मुझे नज़र नहीं आता।"

सीतारमण ने इतना सुनकर दोनों हाथ जोड़े और एक बार फिर से कहा– "क्षमा चाहता हूँ उइके साहब।" फिर वह तेज़ी से बाहर निकल गया।

बाहर रिमझिम गिरता हुआ पानी रुक चुका था। बँगले के गेट के पास खड़ा स्कूटर उसने स्टार्ट किया और निकल गया। इधर बँगले के भीतर उइके निराश सा खड़ा हुआ था।

सीतारमण तीक्ष्ण बुद्धि का था। अगर उइके उसे कोई बड़ा लालच देता तो भी वह इस काम को करने के लिए तैयार नहीं होता। प्रशासन के पास उसकी यूनियन गतिविधियों के चलते इतनी अनियमितताओं के रिकार्ड थे कि स्वर्णकार जैसा अधिकारी अगर चाह लें तो उसके विरुद्ध बड़ी अनुशासनात्मक कार्रवाई कर सकता या करवा सकता है।

वह यही सब सोचता और मन ही मन उइके को गालियाँ देता घर पहुँचा। रात के नौ बज चुके थे। यूनियन के तीन चार मित्र उसका व्हिस्की की एक बोतल समेत घर में इन्तज़ार कर रहे थे। उसने किसी को नहीं बताया कि वह उइके से मिलकर आ रहा था और देर रात तक उसके घर में महफिल जमी रही।

उधर उइके अपने बँगले में बहुत देर तक निराश नहीं रहा। उसने दस मिनट बाद ही कोई निर्णय ले लिया। निर्णय लेने के तुरन्त बाद उसने अपना मोबाइल उठाया और उसके ऑफ़िस के एक बाबू जिसका नाम मांगीलाल घसिया था, को फ़ोन लगाया और उसे सुबह घर में आने के निर्देश दिये। ठीक इसी तरह एक दूसरे बाबू भीकम कोरी को भी उसने फ़ोन लगाया और ठीक पहले बाबू की तरह उसे भी निर्देश दिये। बड़ी देर तक वह सोचता रहा कि लोकायुक्त को जो कम्पलेंट करना है उसका ड्राफ्ट कैसा हो। इसे भी सोचने में उसने ज़्यादा वक़्त नहीं लगाया और अपने कम्प्यूटर पर टाइप करने लगा। लगभग आधा घण्टे बाद उसका ड्राफ्ट तैयार था जो सुबह उसे बाबुओं को देना था। दरअसल ये दोनों बाबुओं के लिए उसके पास ऐसा हथियार था जिससे वह इन दोनों की गर्दन कभी भी काट सकता था।

इस सच्चाई को दोनों बाबू अच्छी तरह समझते थे इसलिए उइके के लिए कुछ भी करने को तैयार रहते थे। उइके इसका फायदा समय–समय पर उठाता रहता था। उसके पास उन दोनों के ऐसे अनियमितता के प्रमाण थे कि वह दोनों को एक मिनट में टर्मिनेट कर सकता था। दोनों बाबू 'मरता क्या न करता' की तर्ज पर हमेशा उइके से शोषित होते रहते थे। उनके दिलों से उइके का डर कभी जाता नहीं था।

सुबह के लगभग नौ बजे अर्दली ने आकर उइके को सूचना दी कि दोनों बाबू आ गये हैं और उसने उन्हें बँगले के सिटआउट में बिठाल दिया है। तब उइके ब्रेकफास्ट कर रहा था। पाँच मिनट बाद उइके ब्रेकफास्ट समाप्त कर उठा और सीधे सिटआउट तक पहुँच गया। दोनों बाबू हड़बड़ा कर खड़े हो गये और दोनों ने उइके को नमस्कार करते हुए उसके चरण स्पर्श किये।

उसने ख़ुद भी एक चेयर में बैठते हुए दोनों बाबुओं को बैठने के निर्देश दिये। फिर कुछ पल रुककर दोनों को सम्बोधित किया– "तुम लोगों को मैंने आज एक बहुत ज़रूरी काम से बुलाया है, उसकी गम्भीरता को अच्छे से समझ लेना।"

दोनों बाबू समवेत स्वर में बोले– "जी सर!" दोनों के चेहरों पर हमेशा की तरह भय व्याप्त था।

यह देखकर उइके बहुत ख़ुश हुआ और बिना किसी भूमिका के कहा– "लोकायुक्त का नाम तुम लोगों ने सुना है कि नहीं?"

दोनों बाबू फिर समवेत स्वर में बोले– "जी सुना है सर।"

"तो तुम दोनों यह भी जानते होंगे कि व्ही.एल. स्वर्णकार कौन है?"

"जी सर, हमारे सेक्रेटरी साहब हैं।" दोनों फिर एक साथ बोले।

"तो सेक्रेटरी साहब के ख़िलाफ़ आप दोनों को कम्पलेंट करना है लोकायुक्त को।" उइके बोला।

दोनों बाबू बुरी तरह घबरा गये और उइके को सुनते ही उसके पैरों को छूते हुए नीचे बैठ गये, और रिरियाते हुए कहा– "सर हमें जीते जी मत मारिए साहब, आपके पैर पड़ते हैं साहब।"

उन दोनों के रिरियाने को देखकर उइके और ख़ुश हुआ, फिर दोनों के कन्धों पर हाथ रखते हुए दोनों को उठने का इशारा किया फिर कहा– "घबराओ नहीं, तुम लोगों को अपने नाम से कम्पलेंट नहीं करना है, किसी भी अनजान नाम और पते से कम्पलेंट करना है और याद रहे महीने में कम–से–कम दो बार कम्पलेंट करना है ताकि लोकायुक्त कार्रवाई करने बाध्य हो जायें।"

यह सुनकर बाबुओं की घबराहट थोड़ी–सी कम हुई और वे खड़े हो गये।

उइके ने आगे कहा– "मैंने कम्पलेंट का ड्राफ्ट तैयार कर लिया है, जो मैं तुम लोगों को देता हूँ। याद रखो थोड़ी–सी हेर–फेर के साथ इसे बार–बार भेजना है...कर लोगे न?"

"जी सर।" दोनों बाबुओं ने एक साथ कहा। तभी उइके उठके अन्दर गया और वह ड्राफ्ट उठा लाया जो पिछली रात उसने तैयार किया था। फिर दोनों बाबुओं को देते हुए कहा– "इसमें तुम्हारे सेक्रेटरी साहब की घूसखोरी की दास्तान है। ख़याल रखना ये कम्पलेंट रजिस्ट्री से पोस्ट करना है। अब तुम लोग जाओ और मुझे समय–समय पर बताते रहना।"

दोनों बाबुओं ने नमस्कार करते हुए उइके के फिर से चरण स्पर्श किये और बँगले के बाहर निकल गये।

उइके अपने ड्राइंग रूम में आकर एक सोफ़े पर पसर गया और शून्य में ताकते हुए सोचने लगा। वह ख़ुश था, बेहद ख़ुश और सोच रहा था कि लोकायुक्त ने अगर छापामार कार्रवाई की तो स्वर्णकार कहीं का नहीं रहेगा। उसे अन्दाज़ था कि उसके घर से कम से कम पाँच करोड़ रुपया बरामद होगा और उसे उसकी नौकरी से बेदखल कर दिया जायेगा। अगर ऐसा हुआ तो उसका चेयरमैन बनने का रास्ता खुल जायेगा। उसे चिन्ता इस बात की थी कि उसकी नौकरी को भी सिर्फ़ छह साल बचे थे।

यूँ तो भ्रष्टाचार हमारे देश का चरित्र ही बन गया था और बहुत–से अर्थशास्त्री दबे–छुपे यह स्वीकार करने लगे थे कि भ्रष्टाचार

से अर्थव्यवस्था सुचारू रूप से चलती है और सुदृढ़ अर्थव्यवस्था के लिए भ्रष्टाचार अनिवार्य है। ये सब दबे–छुपे ही होता था किसी भी अर्थशास्त्री का अधिकृत बयान नहीं आता था। समाचारों में इसके लिए 'विश्वस्त सूत्रों से पता चला है' जैसे वाक्य सामने आते थे। विश्वस्त सूत्रों का पता कोई भी नहीं लगा पाता था। इन परिस्थितियों में सिर्फ़ इतना पता चलता था कि जो पकड़ा गया वह चोर और जो नहीं पकड़ा गया वह साहूकार। इससे चोरों में सघन सतर्कता बरती जाती थी, कई तरह के पेंच बना दिये जाते थे और पूरा सतर्कता विभाग इन पेचों में ही उलझ कर रह जाता था और स्रोत तक कभी नहीं पहुँच पाता था। यह ऐसा खेल था जिसमें दहशत के अलावा विलास भी था। इस विलास का नशा कभी नहीं उतरता था और उत्तरदायी लोग गाफिल रहे आते थे। गाफिल रहते हुए बेदाग़ सफर कट गया तो ठीक नहीं तो कमाई इतनी हो चुकी होती थी कि बाकी का सफर आराम से कट जाता था। हर जगह अधिकांश लोग इसी श्रेणी में आते थे इसलिए अलग से कम लोग ही दिखाई देते थे बल्कि यह कहना ठीक होगा कि दिखाई ही नहीं देते थे।

उइके और स्वर्णकार भी इसी श्रेणी में आते थे। यह सबसे अद्‌भुत बात थी कि भ्रष्टाचार की चैन नीचे से होकर ऊपर तक सम्बद्ध रहती थी और शायद इसीलिए सारे लोग सुरक्षित रहे आते थे। इस परिस्थिति में एक रहस्यमय सन्तुलन की ज़रूरत पड़ती थी। यह सन्तुलन जरा सा बिगड़ा कि किसी न किसी की शामत आ जाती थी। सन्तुलन में सब शिक्षित होने के बावजूद वर्षों में कभी दुर्घनाएँ घटती थीं। दुर्घटनाएँ दूसरी भी हो रही थीं। जो सर्कुलर स्वर्णकार ने निकाले थे उनसे बहुत फ़र्क़ पड़ रहा था। फ्लाइंग स्क्वॉड ने प्रान्त में अब तक लगभग बीस लोगों को सस्पेंड कर दिया था और पचास लोगों के स्थानान्तरण कर दिये थे जिससे आतंक और अफरा–तफरी का माहौल पूरे प्रान्त में बन चुका था। शिकार हुए लोग यूनियन लीडर्स के पास निदान के लिए पहुँच रहे थे। ये बात और है कि यूनियन लीडर इससे फायदा उठाकर चन्दा उगाही कर रहे थे। उनके दोनों हाथ लड्डुओं से भरे थे। अब चारों ओर भयंकर ग़ुस्सा था।

शायद किसी बड़ी दुर्घटना का वक़्त आ रहा था। यह बात विभाग में सिर्फ़ चार लोगों को पता थी। वे चार थे उइके, सीतारमण, दो बाबू मांगीलाल घसिया और भीकम कोरी। चार लोग जानकार थे पर जानकारी का कोई संक्रमण नहीं था। ऐसा आश्चर्य इन्हीं परिस्थितियों में होता है।

जब लगभग साढ़े दस बज रहे थे तब उइके अपने बाथरूम में नहा रहा था और उसी वक़्त उसके दोनों बाबू मांगीलाल घसिया और भीकम कोरी सारी तैयारियों सहित पोस्ट ऑफ़िस में रजिस्ट्री कराने खड़े थे।

पोस्ट ऑफ़िस में बहुत भीड़ थी इसलिए दोनों बाबुओं को काफ़ी समय लग गया। वे दोनों जब ऑफ़िस पहुँचे तब तक उइके ऑफ़िस पहुँच चुका था।

कितनी विचित्र बात थी कि दोनों बाबू उइके से डरते थे पर उइके का पूरा ऑफ़िस समझता था कि दोनों बाबू उइके साहब के खास आदमी हैं। खास आदमी इसी तरह बनाये जाते हैं यह आम लोगों को पता नहीं था।

उइके जिस श्रेणी का अधिकारी था उस श्रेणी के अधिकारी से सिर्फ़ उसके मातहत छोटे अधिकारी ही बिना अनुमति के मिल सकते थे अन्यथा तो अनुमति लेने के बाद ही कोई उनके चैम्बर में जा सकता था। परन्तु इन दोनों बाबुओं को मिलने की अनुमति नहीं लेनी पड़ती थी, यह उइके साहब के लिए पूरे समय तैनात चपरासी भी अच्छी तरह जानता था। मांगीलाल घसिया और भीकम कोरी उस दिन भी चपरासी की परवाह किये बिना उइके के चैम्बर में घुस गये।

अन्दर चैम्बर में उइके को छोड़कर कोई नहीं था। वह किसी फ़ाइल में अपनी टिप्पणी लिख रहा था। दोनों बाबुओं के घुसने की आवाज़ पर उसने नज़र उठाकर देखा और सीधे पूछा– ''काम हो गया?''

''जी सर, हो गया।'' दोनों बाबुओं ने एक साथ कहा।

"ठीक है, अब तुम लोग जाओ अपना काम करो, पन्द्रह दिनों बाद रिपीट करना है, यह मत भूलना।" उइके के इतना कहने पर 'जी सर' के संक्षिप्त जवाब सहित दोनों बाबू बाहर आ गये। पूरा ऑफ़िस उन्हें गौर से देख रहा था। चैम्बर के अन्दर बैठे उइके के चेहरे पर घनी मुस्कान थी और वह निकट भविष्य के बारे में तेज़ी से सोच रहा था।

❐

स्वर्णकार द्वारा हर महीने के तृतीय शनिवार को बुलाई जाने वाली चीफ़ इंजीनियर्स की मीटिंग के प्रत्याशा से अधिक और अच्छे परिणाम निकल रहे थे। तब तक उसने चीफ़ इंजीनियर्स की परचेसिंग कैपेसिटी तीस लाख से पचास लाख बोर्ड की एक ही मीटिंग में बढ़वा ली थी तो परिणाम अच्छे निकलने ही थे। वह अपने लिए वांछित राशि तक शीघ्र ही पहुँचने वाला था। शायद इसे दो या तीन मीटिंगों की और ज़रूरत थी, उसके बाद फैसला जल्द से जल्द उसके हक़ में हो जाने वाला था। स्वर्णकार इन दिनों केवल अपने स्वार्थ वाले काम ही ज़्यादातर निबटाता था और दीगर रूटीन के कामों के लिए अपने मातहत अधिकारियों को अनुमोदन दे देता था। बड़े स्तर के मुनाफे वाले कामों की निगरानी वह स्वयं करता था और जल्द से जल्द उन्हें अंजाम तक पहुँचाता था। बोर्ड मीटिंगों में इस तथ्य की अपने आप प्रशंसा होती थी। बोर्ड में सिर्फ़ उइके ही था जो स्वर्णकार की सफलताओं से जलता–भुंजता रहता था बाकी लोग उसकी सराहना करते थे। उइके मन में भले ही द्वेष रखता हो पर प्रत्यक्ष में उसे भी प्रशंसा करनी पड़ती थी, हालाँकि वह यह करते हुए खिसियाया हुआ रहता था।

किसी राह चलते साधारण नागरिक को यह कभी पता नहीं चलता था कि इतनी बड़ी बिजली कम्पनी के सेक्रेटरी की क्या हैसियत होती है। हैसियत के साथ यदि उसकी कोई महत्त्वाकांक्षा भी जुड़ी

हो तो क्या होता है। हिस्सा बाँट में कहाँ–कहाँ से क्या–क्या मिलता है इसकी जानकारी अतिरिक्त प्रयासों के बाद भी किसी को हो नहीं पाती है। चीफ़ इंजीनियर्स की मीटिंग का सिलसिला तो छोटी–मोटी बातें थीं इनसे तो नियमित मोटे कमीशन के अलावा भी अतिरिक्त प्राप्त करने के लिए गुंजाइश निकाली गयी थी, अन्यथा किसी बात की कोई कमी नहीं थी। बात यदि चेयरमैन बनने की नहीं होती तो जो रूटीन में हमेशा चलता रहता था, वही चलता रहता। अलग से प्रयासों की कोई ज़रूरत नहीं होती। लेकिन स्वर्णकार के पास एक समय सीमा का लक्ष्य था जिसे समय पर हर हालत में पूरा करना था। उम्र निकली जा रही थी और रिटायरमेंट का समय तेज़ी से पास आता जा रहा था। उसे यह बात अच्छी तरह पता थी कि प्रदेश के मुखिया ने लक्ष्य को कब तक प्राप्त करना है इसका इशारा कर दिया था कि कुछ ही वर्षों में विधानसभा के चुनाव होने हैं और दरअसल पैसे की सख़्त ज़रूरत उसी समय होने वाली है।

स्वर्णकार अपने इस काम की प्रगति से सन्तुष्ट था और प्रसन्न था पर अपने स्वभाव की वजह से एक अजीब उतावलापन भी उसके भीतर था जबकि समय की गति में कोई परिवर्तन नहीं हुआ था वह हमेशा की तरह अपनी चाल में चल रहा था।

स्वर्णकार के उतावलेपन ने उसे कुछ–कुछ दिया था, वह प्रसन्नता को बढ़ाने वाला था पर साथ–साथ कुछ अजीब भी था। अब मजेदार बात यह हो रही थी कि उसके मुख्यालय की इमारत की बड़ी–बड़ी विशाल दीवारों पर बड़ी–बड़ी स्क्रीन नज़र आने लगी थी, जो नहीं होते हुए भी थीं, और उन स्क्रीनों पर उसे अपना मुस्कुराता हुआ चेहरा नज़र आने लगा था। अब ये विश्वास भी पुख्ता होने लगा था कि सारे लोग उन स्क्रीनों को अवश्य देख रहे होंगे और उनको उस चेहरे पर परम शक्ति नज़र आती होगी जिसकी अनुमति के बग़ैर मुख्यालय में एक पत्ता भी नहीं हिल सकता।

ये सब देखते महसूस करते उसे जेम्स बांड की एक फिल्म बार–बार याद आती थी जिसमें एक तथाकथित पत्रकार इसी तरह

सारी दुनिया की स्क्रीनों पर नज़र आता था। वह दावा करता था कि वह आने वाले कल की न्यूज़ आज ही दिखा सकता है इसलिए वह दुनिया का परम शक्तिशाली पत्रकार है। यहाँ तक कि उसकी कहानी में कोई रुकावट नहीं थी पर जेम्स बांड आकर उसकी तमाम शक्तियों को तहस–नहस कर डालता है। यहाँ से उस फिल्म की याद बुरी लगने लगती थी और उसका स्वप्न भंग सा होने लगता था। लेकिन स्वर्णकार इस स्वप्न भंग को सम्हाल लेता था यह सोच और समझकर कि इस दुनिया में जेम्स बांड जैसा कोई नहीं हो सकता, वह एक काल्पनिक पात्र है। यह निश्चित करके वह उस बुरी याद को झटक देता और उस पत्रकार की तरह उसका मुस्कुराता चेहरा स्क्रीनों पर ज़्यादा प्रकाशमय होकर उभरता। वह इसी हिस्से को बार–बार अपनी स्क्रीनों पर ले आता और उसी दिवास्वप्न में ज़ोर–ज़ोर से अट्टहास करता। उसका यह खेल दिन–ब–दिन ज़्यादा मजेदार होने लगा था। अपने सपने की सच्चाई को वह अपने तक ही सीमित रखना चाहता था और उस पर अडिग था। यहाँ तक कि उसने अपनी पत्नी अर्चना तक को नहीं बताया था। वह अच्छी तरह समझता था कि इसे क्यों गोपनीय रखना है। हालाँकि यह गोपनीयता उसे कष्ट भी देती थी कि वह अपनी उपलब्धि को किसी को बता नहीं पा रहा है। अब पीछे वाली गड़न एकदम कम हो गयी थी।

उसके साथ होने वाली इस मजेदार घटना का इतना विस्तार हो गया था कि सड़कों पर लगी बड़ी–बड़ी होर्डिंग्स भी स्क्रीनों में बदलने लगी थी और वहाँ भी उसे अपना मुस्कुराता हुआ चेहरा दिखता था।

बड़े–बड़े कामों के समय ये स्क्रीन्स बढ़कर और बड़ी हो जाती थीं। जैसे उस दिन भी स्क्रीन्स बहुत बड़ी हो गयी थीं क्योंकि उस दिन उसे लगभग बीस करोड़ का एक ग्लोबल टेण्डर निकालना था।

वह ख़ूब ख़ुशी में यही सब सोच रहा था तब उसका पी.ए. दीक्षित टेण्डर के सारे पेपर्स दस्तख़त करवाने के लिए लेकर आया। उसने जैसे ही दीक्षित को देखा तो मुस्कुराना छोड़कर सहज हो गया फिर दीक्षित द्वारा टेबिल पर रखे पेपर्स को ध्यान से देखने लगा।

कुछ पन्नों को पलटाते हुए उसने दीक्षित से पूछा– ''तुमने सारे पेपर्स चैक कर लिए हैं कि नहीं?''

''जी सर, सारे पेपर्स एकदम ठीक हैं, मैंने ध्यान से देख लिए हैं।'' दीक्षित ने तुरन्त जवाब दिया।

उसका जवाब सुनकर स्वर्णकार फिर बोला– ''ध्यान रखना, कल के अख़बारों में इसे छप ही जाना चाहिए, तुम पर्सनल जाकर दे आओ तो ज़्यादा बेहतर रहेगा।''

''जी सर'' दीक्षित ने संक्षिप्त सा जवाब दिया। वह तब तक अटेन्शन की मुद्रा में खड़ा रहा जब तक स्वर्णकार ने सब जगह दस्तख़त नहीं कर दिये। फिर पेपर्स समेटते हुए वह बाहर निकल गया।

दीक्षित के बाहर निकलते ही उसने सामने की दीवार पर लगी घड़ी को देखा। दिन के दो बज रहे थे। लंच टाइम हो चुका था। वह अपनी चेयर से खड़ा हो गया और लंच के लिए घर जाने के लिए बाहर निकल गया।

घर पहुँचकर वह जब डाइनिंग टेबिल पर बैठा तो सामने की बड़ी खिड़की से उसके मुख्यालय की इमारत पहले से ज़्यादा ख़ूबसूरत आज दिख रही थी और उसकी दीवारों पर स्वर्णकार की मनचाही स्क्रीन्स बनने लगी थीं। उसने हटात् वहाँ से नज़रें शीघ्रता से हटाई और भोजन पर ध्यान केन्द्रित किया। ख़ुशी उसके गले तक भर आयी थी। अगर वह सहज होने की कोशिश नहीं करता तो भोजन करना मुश्किल हो जाता।

जब वह लंच के बाद दुबारा ऑफ़िस पहुँचा तो सारे कर्मचारी और अधिकारी अपनी जगहों में थे और काम निबटा रहे थे।

वह अपनी चेयर पर जब बैठा तो उसने देखा क़रीब आठ–दस फ़ाइलें उसकी टेबिल पर आ चुकी थीं जिन्हें एक के बाद एक उसने पलटाना शुरू किया और उनमें दस्तख़त करने लगा।

अभी वह आधी फ़ाइलें ही निपटा पाया था कि चपरासी ने आकर उसे एक चिट दी जिसमें यूनियन नेता सीतारमण और उसके कुछ साथियों ने दोपहर चार बजे मिलने का समय माँगा था।

उसने चिट पढ़कर चपरासी को वापिस दी और कहा– ''ठीक है उनसे कहो कि चार बजे आ जायें।'' चपरासी पलटकर वापिस गया और पहले से बाहर बेंच पर बैठे सीतारमण से कहा– ''जी साहब ने कहा है कि आप लोग चार बजे आ जायें।''

सीतारमण सुनकर मुस्कुराया और तेज़ी से वापिस लौट गया।

स्वर्णकार ने फिर से घड़ी की ओर देखा, तीन बज चुके थे। नेताओं को चार बजे आना था। अभी उसके पास एक घण्टे का समय शेष था। लंच टाइम में कुछ फ़ाइलें और आ चुकी थीं, वह उन्हें तेज़ी से पलटने और दस्तख़त करने लगा।

उसकी ख़ुशी किंचित कम हो चली थी क्योंकि यूनियन लीडर ने मिलने की अनुमति माँगी थी। वह सोच रहा था कि यह सीतारमण कौन–सी समस्या लेकर आ रहा है? अगर वह दूर नहीं हो सकी तो पता नहीं कितनी और समस्या ये लोग खड़ी कर देंगे। हालाँकि वह इतनी लम्बी नौकरी में इनसे निबटना सीख चुका था पर फिर भी ये लोग मिलने के साथ एक तनाव तो छोड़ ही जाते हैं। उनके मिलने की पहले की आशंकाओं से उबरना मुश्किल तो होता ही है। वह काम करते–करते आशंकाओं से घिरने लगा था।

ठीक चार बजे चपरासी ने आकर बताया कि सीतारमण और उसके साथी आ गये हैं। सुनकर स्वर्णकार ने कहा– ''पाँच मिनट बाद उन्हें भीतर भेज दो।'' पाँच मिनट का समय उसने फ़ाइलों को व्यवस्थित करने और कुछ छूट गये दस्तख़त करने की वजह से लिए थे। चपरासी अभी बाहर जा ही रहा था कि स्वर्णकार ने उसे आवाज़ दी और कहा– ''दस मिनट बाद कॉफ़ी–बिस्किट का इन्तजाम भी कर देना।''

''जी सर'' कहके चपरासी बाहर निकल गया।

पाँच मिनट बाद जब सीतारमण और उसके चार साथी चैम्बर के अन्दर आये तो स्वर्णकार ने खड़े होकर और बारी–बारी से हाथ मिलाते हुए सबका स्वागत किया। स्वर्णकार की विशाल टेबिल के आगे रखी हुई चेयर्स पर सीतारमण और उसके साथी बैठ गये।

औपचारिक परस्पर हाल चाल पूछने के बाद सीतारमण ने अपने कन्धे पर लटक रहे झोले से एक चार पेज का स्वर्णकार यानी सेक्रेटरी को सम्बोधित ज्ञापन निकाला और बहुत अदब सहित स्वर्णकार के हाथों में दिया। ज्ञापन में जो माँगें थीं उसमें प्रमुख रूप से फ्लाइंग स्क्वॉड को बन्द करने, स्थानान्तरण, जो एक ऑफ़िस में दस वर्ष गुजारने वालों के लिए किये जा रहे थे, उन्हें रोकने, दस प्रतिशत महँगाई भत्ता दिये जाने तथा पन्द्रह छोटी–मोटी माँगों की सूची थी।

लगभग पाँच मिनट तक स्वर्णकार ज्ञापन को पढ़ता रहा फिर मुस्कुराते हुए बोला– ''देखिये सीतारमण जी, इस ज्ञापन में तीन माँग आपने पिछले ज्ञापन के बाद जोड़ी हैं, जिन्हें लागू किये अभी ज़्यादा दिन नहीं हुए हैं, उन पर तो विचार करना सम्भव नहीं होगा, रही दस प्रतिशत डी.ए. की तो वह राज्य सरकार जैसे ही अपने कर्मचारियों को देती है, हम भी फ़ौरन दे देंगे। बाकी की माँगों पर धीरे–धीरे कार्रवाई जारी है उनके पूरा होते ही आपको पता चल जायेगा। बल्कि उनमें से कुछ माँगें तो हमने पूरी कर दी हैं, जो आपको भी पता होंगी।''

सीतारमण को स्वर्णकार से इस तरह की प्रतिक्रिया की आशा नहीं थी, वह उम्मीद कर रहा था कि वह प्रमुख माँगों पर किसी तरह का आश्वासन देगा भले ही उसे पूरा न करे, पर वैसी स्थिति में यूनियन और स्वयं सीतारमण को कोई कूटनीतिक निर्णय लेने में आसानी होगी। पर स्वर्णकार ने सीधे–सीधे मना कर दिया। इस पर सीतारमण ग़ुस्से से भर गया। उसके साथी मुँह–ही–मुँह में कुछ–कुछ बुदबुदाते से लगे। पर फिर भी सीतारमण ने विवेक से काम लिया और बहुत सम्हाल कर कहा– ''पर साहब हम सब तो दरअसल इन्हीं तीन माँगों के लिए आये थे बाकी पर तो आप चाहे जब निर्णय करें,... आप समझ नहीं रहे हैं कि कर्मचारी कितना भयभीत है और उसका मन बुरी तरह आन्दोलित है।''

उसी वक़्त चपरासी सबके लिए कॉफ़ी–बिस्किट वग़ैरह ले आया। स्वर्णकार ने सीतारमण और उसके साथियों से कहा– ''चलिए, आप लोग कॉफ़ी लें!''

इस पर सीतारमण तुरन्त बोला– "कॉफ़ी तो ले लेंगे साहब पर आपने तो हमारी प्रमुख माँगों को सीधे नकार दिया, ऐसे कैसे चलेगा।"

कॉफ़ी का एक बड़ा घूँट भरकर स्वर्णकार ने मुस्कुराते हुए कहा– "देखिये सीतारमण जी कर्मचारी तो छोटी–छोटी बातों पर आन्दोलित होते रहते हैं, आख़िर प्रशासन में आचार संहिता भी कोई चीज़ है कि नहीं...आप बताइये? पिछले लम्बे समय से मुझे सूचनाएँ मिलती रहीं हैं कि कर्मचारी एकदम अराजक हो गये हैं और अपनी मनमानी पर उतारू रहते हैं, टाइम लिमिट के प्रकरणों को सही समय पर पूरा नहीं करते हैं...और ऐसी ही न जाने कितनी अनियमितताएँ हैं, जिनकी ख़बरें तो अख़बार में तक छपती रही हैं...इन पर कुछ तो नियन्त्रण होना ज़रूरी है। मुझ पर इनके लिए दबाव न बनायें तो बेहतर होगा।"

ये सब सुनकर सीतारमण का ग़ुस्सा दोगुना हो गया, फिर भी अपने विवेक को उसने नहीं छोड़ा और प्रतिक्रिया में कहा– "देखिये साहब आप पर क्या दबाव हो सकता है, मैं तो प्रान्तीय महासचिव हूँ, दबाव तो पूरे प्रान्त का मुझ पर है। मुझे सारे कर्मचारियों को जवाब देना पड़ता है, आपको अन्दाज़ नहीं है पूरे प्रान्त में भय का वातावरण है और कर्मचारी बुरी तरह आन्दोलित है, कभी भी विस्फोटक स्थिति बन सकती है। कोई भी एक्शन लेने के पहले मैं चाहता था आप से बात हो जाये।"

"मैं तो आपसे बात कर ही रहा हूँ, मैंने चर्चा करने से मना नहीं किया पर हमारी कम्पनी की साख कर्मचारियों की मनामनी से लगातार गिर रही है, इसको समझने का आप भी प्रयास करें और दूसरों को भी समझाएँ मैं आपसे निवेदन करता हूँ।" स्वर्णकार ने कहा।

स्वर्णकार की बातों से सीतारमण को यह समझ आ गया था कि स्वर्णकार कोई समझौता करने के मूड में नहीं है। फिर भी वह चाहता था कोई एक माँग मान ली जाये तो वह प्रान्त भर में अपनी सफलता का डंका बजा सके। इसलिए विनम्रता जताते हुए उसने कहा– "चलिए साहब तीन माँगों में से कम–से–कम स्थानान्तरण वाला सर्कुलर वापिस ले लीजिए तो कृपा होगी। बिना किसी दोष के

कर्मचारियों का स्थानान्तरण करना तो अन्याय है।" यह कहते हुए उसने अपने दोनों हाथ जोड़ लिए।

"देखिये सीतारमण जी मैं अभी किसी सर्कुलर को निरस्त नहीं करूँगा, बात सिर्फ़ कर्मचारियों भर की नहीं है मैंने तो सर्कुलर में यह भी लिखा है कि यदि सक्षम अधिकारी उचित कार्रवाई नहीं करेंगे तो उनके ख़िलाफ़ भी एक्शन लिया जायेगा।" स्वर्णकार ने निर्णायक रुख के साथ कहा।

सीतारमण ने अपने गुस्से को अब छिपाना ग़ैर–ज़रूरी समझा और कहा– "तो ठीक है साहब, अब आप एक बड़े आन्दोलन का सामना करने को तैयार रहिए।" यह कहते हुए वह उठ खड़ा हुआ और साथ–साथ उसके साथी भी खड़े हो गये।

स्वर्णकार हाथ जोड़कर खड़ा हो गया और एक कटु मुस्कान के साथ कहा– "देखिये सीतारमण जी प्रशासन आन्दोलन का सामना करने के लिए हमेशा तैयार रहता है।"

स्वर्णकार के इस अन्तिम वाक्य को अनसुना करते हुए सीतारमण और उसके साथी बाहर आ गये।

उनके जाने के बाद स्वर्णकार अपनी चेयर पर बैठ गया। वह तनाव में आ चुका था जैसी कि उसको पहले से उम्मीद थी। हालाँकि उसे डरने या घबराने की कोई ज़रूरत नहीं थी क्योंकि उसे मुख्यमन्त्री का आश्वासन था कि वे सब कुछ देख लेंगे कोई इंटरफियर नहीं करेगा। फिर भी वह तात्कालिक रूप से तनाव में था। वह बहुत देर तक सोचता रहा, अपने इस तनाव को कैसे दूर किया जाये और क्या किया जाये कि सीतारमण की गतिविधियों पर नज़र रखी जा सके। फिर जो उसकी समझ आया, उसने अपने विभाग के डायरेक्टर ऑफ़ विजिलेंस एंड सिक्योरिटी को फ़ोन लगाकर उनसे सीतारमण की यूनियन की गतिविधियों पर नज़र रखने की हिदायत दी और समय–समय पर रिपोर्ट करने को कहा।

इतना करने के बाद उसे लगा कि उसका तनाव कुछ–कुछ दूर हो रहा है और सामने की दीवार पर एक धुँधली–सी स्क्रीन उभरने

लगी है और उसमें उसका अपना चेहरा भी प्रकट होना शुरू हो गया है। वह खुश होने लगा। तभी उसकी नज़र सामने लगी घड़ी पर भी चली गयी और उसने पाया कि कार्यालयीन समय समाप्त हो गया है। उसका मन अब अपने चैम्बर में नहीं लग रहा था। वह उठ खड़ा हुआ।

❐

मांगीलाल घसिया और भीकम कोरी उइके के चैम्बर में उसके सामने खड़े थे। उनके सिर झुके हुए थे। उइके उन्हें बुरी तरह डाँट रहा था। वे दोनों निःशब्द थे। भय की वजह से काँप रहे थे।

"ऐसे सर झुका के खड़े होने से काम नहीं चलेगा, मुँह से कुछ बोलोगे तुम लोग कि नहीं?" उइके ने अन्त में पूछा।

काँपते हाथों से अपनी जेब से मांगीलाल घसिया ने पोस्ट ऑफ़िस की रसीदें निकालीं और टेबिल पर उइके के सामने रखते हुए कहा– "सर हम लोग पन्द्रह दिन के अन्तर से चार बार लोकायुक्त को रजिस्ट्री कर चुके हैं। ये उनकी रसीदें हैं, आप खुद ही देख लीजिए। हम लोग झूठ नहीं बोल रहे हैं।"

रसीदों को उइके ने गौर से उलट–पुलट कर देखा, निःसन्देह दोनों बाबू झूठ नहीं बोल रहे थे। अब उसकी समझ में नहीं आ रहा था कि वह क्या करे।

सबसे पहले उसने बाबुओं को चले जाने के लिए कहा फिर सोचने लगा। बहुत देर तक सोचने–विचारने के बाद उसे सीतारमण का सुझाव ही एकमात्र सही लगा कि इस काम के लिए किसी शातिर वकील को ही पकड़ना होगा। वह फिर से सोचने लगा। चूँकि प्रान्त का हाईकोर्ट इसी शहर में था इसलिए वकीलों की भरमार थी और मनवांछित वकील मिल जाने में कोई समस्या नहीं थी। अब देखना भर इतना था कि कौन वकील यह काम कर पायेगा! उसको यह बात समझ नहीं आ रही थी कि कौन वकील यह काम कर पायेगा?

थोड़ी देर रुक कर उसने चपरासी के लिए घण्टी बजाई। जैसे ही चपरासी अन्दर आया उसने कहा– "जरा मांगीलाल को बुलाओ।"

"जी साहब।" चपरासी ने कहा और बाहर निकल गया।

क्षणों बाद घबराया हुआ मांगीलाल आकर फिर से अटेंशन में खड़ा हो गया।

उइके ने उसे देखते ही पूछा– "क्या तुम किसी बड़े क्रिमिनल लॉयर को जानते हो?"

घबराये हुए मांगीलाल ने यह सुनकर राहत महसूस की और जल्दी से कहा– "नहीं सर, जानता तो नहीं हूँ पर पता करके बता सकता हूँ।"

"ठीक है, पता करो और उससे मिलो और कहो कि मैं मिलना चाहता हूँ, समझ गये?"

"जी सर, समझ गया, मैं आज ही पता करके उनसे मिलता हूँ और आपके मिलने की व्यवस्था करता हूँ।" मांगीलाल ने कहा।

सुनते ही उइके आदेशात्मक लहजे में फिर बोला– "आज यह काम कैसे भी हो जाना चाहिए और तुम सुबह आकर बताओ।"

"जी सर, मैं सुबह बँगले पर पहुँच कर बताता हूँ।" मांगीलाल ने बिना देरी किये कहा।

उइके ने तब कहा– "तुम अब जा सकते हो।"

मांगीलाल तेज़ी से चैम्बर के बाहर हो गया।

दूसरी सुबह लगभग नौ बजे मांगीलाल घसिया उइके के बँगले पर पहुँचा। उइके का अर्दली बाहर ही मिल गया और उसने मांगीलाल को सिट–आउट में बैठने को कहा और बोला– "मैं अभी जाकर साहब को बताता हूँ कि आप आये हो।"

मुश्किल से पाँच मिनट बाद उइके बाहर प्रकट हुआ। उसे देखते ही मांगीलाल हड़बड़ाते हुए खड़ा हो गया। उइके शायद सुबह–सुबह अच्छे मूड में था इसलिए मांगीलाल से बोला– "अरे भाई बैठो–बैठो।"

मांगीलाल सहज होकर बैठ गया तो उइके ने पूछा– "काम हो गया?"

"जी सर हो गया।" मांगीलाल ने जवाब दिया।

"तुम पर्सनली वकील से मिले?"

"जी सर मिला।" मांगीलाल बोला।

"कौन है वह वकील?"

"सर वह बहुत सीनियर क्रिमिनल लॉयर हैं श्री विक्रम सिंह, सब तरफ़ लोग उन्हें अच्छी तरह जानते हैं।... मैंने उन्हें कहा कि आप मिलना चाहते हैं तो वे बोले कि सण्डे सुबह दस बजे आप उनसे उनके चैम्बर में मिल सकते हैं।" मांगीलाल ने विस्तार से बताया।

"मिलने का कारण तो नहीं पूछा उन्होंने?"

"नहीं सर कारण नहीं पूछा। मांगीलाल ने तुरन्त जवाब दिया और अपने हाथ में लिए हुए विक्रम सिंह के विजिटिंग कार्ड को उइके की ओर बढ़ा दिया।

उइके ने विजिटिंग कार्ड को हाथ में लेते हुए गौर से देखा और पूछा– "मैं किसी भी सण्डे मिल सकता हूँ न?"

"जी सर किसी भी सण्डे।" मांगीलाल ने जवाब दिया।

"अच्छा तुम एक काम करो...आज वेडनेसडे है, तुम उन्हें फ़ोन करके बता देना कि मैं आने वाले सण्डे को उनसे मिलूँगा। ठीक है?"

"यस सर।" मांगीलाल ने फिर कहा।

"अच्छा अब तुम जाओ, ऑफ़िस समय से पहुँच जाना।" उइके ने अन्त में कहा और मांगीलाल ने अन्तिम 'यस सर' को सुनने रुका नहीं और भीतर चला गया।

भीतर आकर वह सोचने लगा कि वकील ने सण्डे को मिलने क्यों कहा? क्या वह पहले ही से समझता है कि मैं उससे क्यों मिलना चाहता हूँ? इसीलिए सण्डे कहा। सण्डे तो वकीलों की छुट्टी का दिन होता है। शायद वह अनुमान लगा चुका होगा कि मैं किसी न किसी गोपनीय काम से मिलना चाहता हूँ। क्या बिजली कम्पनी के और भी अधिकारी उससे किन्हीं गोपनीय कारणों से मिलते रहते हैं? वैसे तो सभी वकील वीक डेज में रात के वक़्त मिलते हैं। हो न हो इस शातिर वकील को कुछ न कुछ अन्दाज़ है कि मैं क्यों उससे मिलना चाहता हूँ।

यह सोचकर वह किंचित घबरा गया। थोड़ी देर तक वह सोचता रहा कि क्या वह वकील से मिलना निरस्त कर दे? वैसे मांगीलाल जैसे घाघ व्यक्ति ने उसके बारे में जो पता किया है वह ग़लत नहीं हो सकता। मांगीलाल दुनिया के तमाम दन्द–फन्द जानने वाला व्यक्ति है वह मुझे ग़लत सूचना कभी नहीं दे सकता। ये सब सोचते–विचारते उइके डूबता–उतराता रहा, लेकिन अन्ततः उसने तय पाया कि वह वकील विक्रम सिंह से अवश्य मिलेगा। हालाँकि तीन दिन बड़ी बेचैनी में कटे।

सण्डे सुबह वकील विक्रम सिंह के पास जाने के पहले उसने मांगीलाल से फ़ोन पर पूछा कि उसने विक्रम सिंह को बता दिया है अथवा नहीं? मांगीलाल के सकारात्मक जवाब के बाद वह सुबह साढ़े नौ बजे अपने बँगले से निकला। उसके हाथ में नोटों से भरा एक ब्रीफकेस था। विक्रम सिंह सिविल लाइंस में रहता था। उसके बँगले के पास पहुँच कर उइके चकरा गया, इतना विशाल बँगला तो उसने शहर में बहुत कम देखा था। वह सोचने लगा कि न जाने कितनी सम्पत्ति का मालिक होगा विक्रम सिंह। यह पता करना तो बहुत कठिन है कि इसके अलावा भी उसकी कितनी सम्पत्ति होगी। एक खास तरह की बेचैनी उसके मन में समाने लगी और उसकी हसरतों के पंख फड़फड़ाने लगे। ऐसा होते ही वह विक्रम सिंह से मिलने के लिए और मुस्तैद हो गया।

वह जब विक्रम सिंह के बँगले के गेट के पास पहुँचा तो देखा कि गेट के बाहर एक छोटी–सी गुमटी बनी हुई है। उसकी कार को देखते ही एक सिक्यूरिटी गार्ड गुमटी से प्रकट हुआ और उसने उसके ड्राइवर से कुछ पूछा। उइके ने सिर्फ़ ड्राइवर का जवाब सुना कि वह कह रहा है कि उइके साहब को वकील साहब से मिलना है। सिक्यूरिटी गार्ड ने पलटकर गेट खोल दिया। फिर ड्राइवर को इशारा किया कि वह कार बँगले के भीतर ले जाये। बँगले के भीतर दो–तीन आलीशान कारें पहले से पार्क थीं, शायद वे विक्रम सिंह की खुद की कारें होंगी। उइके के ड्राइवर ने उन्हीं कारों की बग़ल में कार पार्क कर दी।

बँगले के भीतर एक बड़ा–सा बग़ीचा महक रहा था। उइके वहाँ उतरा तो चारों ओर कोई दिखाई नहीं दिया। वह लम्बे से दालान में पहुँचा तो कई दरवाज़े थे। उसने एक बड़े से दरवाज़े पर लगी काल बेल को दबाया। कुछ ही सेकेन्ड बाद एक व्यक्ति बाहर आया और उससे पूछा– ''आप ही उइके साहब हैं?''

''जी हाँ'' उइके ने जवाब दिया।

''प्लीज आप बैठिए।'' उसने अन्दर बुलाते हुए कहा। फिर रुककर दुबारा कहा– ''साहब पाँच मिनट में आते हैं।''

अन्दर बड़ी–सी गद्‌देदार रिवॉल्विंग चेयर के सामने एक विशाल टेबिल थी और चारों ओर ख़ूबसूरत चेयर्स रखी थीं। पीछे दीवार से सटकर मोटे गद्‌दों के सोफ़े लगे थे। चारों ओर दीवारों पर बुक शेल्फ टंगे हुए थे जिनमें भारी भरकम क़ानून की किताबें सजी हुई थीं। कमरे में एअर फ्रेशनर की ख़ुशबू महक रही थी। वहाँ साफ़–सफ़ाई इतनी थी कि सारे बुक शेल्फ और फर्नीचर्स चमक रहे थे। एल.ई.डी. के लगभग बीस–पच्चीस लेम्पस से कमरा रौशन था। टेबिल के चारों ओर रखी चेयर्स में से एक चेयर पर उइके बैठ गया। वह अभी यही सब मुआइना कर रहा था कि बायीं ओर का एक दरवाज़ा खुला और वहाँ से लगभग पचपन–साठ का जो व्यक्ति प्रकट हुआ, वही था विक्रम सिंह।

उइके ने खड़े होकर अभिवादन किया और हाथ मिलाते हुए कहा– ''हैलो मिस्टर सिंह मैं हूँ बी.एस. उइके।''

''बैठिए बैठिए उइके साहब।'' विक्रम सिंह ने अपनी रिवॉल्विंग चेयर पर बैठते हुए कहा। इसके पहले कि उइके कुछ कहता विक्रम सिंह ने दुबारा कहा– ''कहिए उइके साहब, किस काम से मुझे याद किया?''

थोड़ी देर तक वहाँ मौन रहा फिर उइके ने कहा– ''मैं यह भरोसा कर सकता हूँ कि मेरी–आपकी मुलाक़ात और साथ–साथ बात, गोपनीय रहेगी?''

"आप मुझ पर पूरी तरह भरोसा कर सकते हैं।" विक्रम सिंह ने कहा।

"मैं जिस वजह से यहाँ आया हूँ उसके बहुत से कारण हैं पर मैं दो का ही उल्लेख करूँगा, पहला तो यह कि मेरी बिजली कम्पनी में मेरे प्रमोशन के बाद चेयरमैन बनने के हक़ को दूसरा व्यक्ति लेने वाला है, दूसरा यह कि वह व्यक्ति गले तक भ्रष्टाचार में डूबा हुआ है। मैं चाहता हूँ कि उसके भ्रष्टाचार का पर्दाफाश हो।" उइके ने विस्तार से विक्रम सिंह को बताया।

सब कुछ सुनने के बाद विक्रम सिंह ने पूछा– "आप मुझसे क्या चाहते हैं? और कौन है वह व्यक्ति?"

इस प्रश्न पर उइके थोड़ी देर तक सोचता रहा कि वह अपने काम को विक्रम सिंह से कैसे कहे। कोई हल न मिलने पर उसने सीधे–सीधे कहना ही उचित समझा और कहा– "मैं चाहता हूँ कि आप अपने नाम से लोकायुक्त को शिकायत करें कि हमारी कम्पनी का सेक्रेटरी घूसखोरी में लिप्त है और उसके पास उसकी आमदनी से बहुत अधिक पैसा है। उसके बँगले पर छापा मारकर यह बात पता की जा सकती है। और उस व्यक्ति का नाम है बी.एल. स्वर्णकार, हमारी बिजली कम्पनी का सेक्रेटरी।"

"और मैं यह काम क्यूँ करूँ?" विक्रम सिंह ने पूछा और कुटिलता से मुस्कुराया।

इस प्रश्न पर उइके भी मुस्कुराया यह सोचकर कि विक्रम सिंह कितना भोला बन रहा है जैसे कुछ समझता ही नहीं। उइके ने कहा– "वकील साहब आप यह काम अपने लाभ के लिए करें और साथ–साथ मेरे लाभ के लिए भी।

"मुझे क्या लाभ होगा?" विक्रम सिंह ने तुरन्त पूछा।

"मैं आपके लिए दस लाख की व्यवस्था कर दूँगा।" उइके ने भी तुरन्त कहा।

सुनकर कुछ–कुछ अट्टहास जैसी हँसी विक्रम सिंह के चेहरे पर आयी और उसने कहा–"आपको शायद मालूम नहीं है कि कोर्ट

में मेरी एक बार की अपीयरिंग की फ़ीस सत्तर हज़ार है...उस लिहाज से दस लाख बहुत कम हैं...आप लोग करोड़ों के वारे–न्यारे करते हैं...ख़ुद ही सोचिए?''

उइके विक्रम सिंह के आख़िरी वाक्य को सुनकर किंचित घबराया और फ़ौरन बोला– ''तो चलिए मैं पन्द्रह तक कर दूँगा।''

विक्रम सिंह अब ख़ुश हुआ फिर भी एहसान जताते हुए बोला– ''चलिए आप कहते हैं तो ठीक है पर पूर्ण गोपनीयता की फ़ीस यह कुछ कम है। मैं जानता हूँ कि यदि स्वर्णकार उलझे तो आपको चेयरमैन का पद मिलेगा ही मिलेगा। मैं अभी से आपको शुभकामनाएँ देता हूँ।'' उसने उइके की तरफ़ हाथ आगे बढ़ाया। दोनों ने गर्मजोशी से हाथ मिलाया।

इतनी देर में वही व्यक्ति कॉफ़ी लेकर आया जिसने उइके के लिए दरवाज़ा खोला था।

कॉफ़ी पीने के पहले उइके ने साथ लाए ब्रीफकेस को विक्रम सिंह की ओर देते हुए कहा– ''अभी, इसमें पाँच लाख हैं, इसे स्वीकार करिये...बाकी काम के बाद देता हूँ।''

''शुक्रिया'' विक्रम सिंह ने ब्रीफकेस लेते हुए कहा।

''सिंह साहब, ब्रीफकेस के अन्दर शिकायत का एक ड्राफ्ट भी रखा है उसे देख लें।'' उइके ने बेहद विनम्रता से कहा।

इसे सुनकर विक्रम सिंह बोला– ''ड्राफ्ट तो मैं अपने हिसाब से बनाऊँगा...पर क्या आपने भी शिकायत की थी?''

''अरे सिंह साहब मैंने तो चार बार बेनामी शिकायत की थी पर उसका कोई परिणाभ नहीं निकला...शायद बेनामी शिकायत पर ध्यान नहीं दिया जाता, इसीलिए मैं आख़िर में आपके पास आया।'' उन्होंने कहा।

''तो ठीक है वे चार शिकायत भी मेरी शिकायत के सपोर्ट में काम आयेंगी।'' विक्रम सिंह ने विचार करते हुए कहा।

''सिंह साहब मामला पूर्णतः गोपनीय रहे, इसका ख़याल रखिएगा।'' उइके ने चेयर से उठते हुए कहा। फिर कुछ क्षण रुककर दुबारा कहा– ''मैं निश्चिन्त होकर जा रहा हूँ।''

"बिल्कुल निश्चिन्त रहिये, लगभग दो महीने में आपका काम हो जायेगा...ओ के ऑल दी बेस्ट, विक्रम सिंह बोला।

उइके ने उससे हाथ मिलाया फिर बाहर आ गया।

अब वह ख़ुश था, बहुत ख़ुश, उसे विक्रम सिंह पर भी पूरा भरोसा हो चुका था कि वह इतने पैसे लेने के बाद पूरी तरह चुप रहेगा और गोपनीयता भंग नहीं होगी।

❐

उस दिन स्वर्णकार राजधानी में था, सुबह दस बजे उसे प्रदेश के मुखिया से मिलना था। वह उस दिन एन.टी.पी.सी. की एक ज़रूरी मीटिंग में शामिल होने आया था। एन.टी.पी.सी. (नेशनल थर्मल पावर कॉर्पोरेशन) की मीटिंग दोपहर दो बजे थी। इसलिए उसके पास समय ही समय था। अपने शहर से चलने के पहले उसने प्रान्त के मुखिया मुख्यमन्त्री चितरंजन सिंह के पी.ए. से बात कर ली थी और मुख्यमन्त्री से मिलने का समय ले लिया था। पी.ए. ने उसे सुबह दस बजे पहुँचने को कहा था। यह मुख्यमन्त्री से उसकी तीसरी या सम्भवतः चौथी मुलाक़ात होने जा रही थी। अब उनसे उसकी मुलाक़ात के लिए इन्तज़ार नहीं करना पड़ता था। वह जब चाहे मुख्यमन्त्री से मिल सकता था। यह कौन–सी ताकत थी इसे वह स्वयं और मुख्यमन्त्री अच्छी तरह समझते थे। दरअसल वह मुख्यमन्त्री को दिये जाने वाली राशि के काफ़ी क़रीब पहुँच चुका था। दरअसल यही बात वह उनसे मिलके बताना चाहता था। यह भी उसके लिए ख़ुशी की बात थी कि वह समय से पहले अपने लक्ष्य पर पहुँचने वाला था।

वह दस बजने के दस मिनट पहले मुख्यमन्त्री आवास पर पहुँच गया था इसलिए उसे मुख्यमन्त्री के आवास के बरान्डे में लगी बेंचों पर बैठकर समय गुजारना पड़ा। इस बीच उसने बेचैनी में अनेक बार अपनी रिस्ट वॉच पर नज़र डाली। उसे वे दस मिनट पहाड़ जैसे लग रहे थे।

उसे उतावली थी कि वह अपनी सफलता को जल्द–से–जल्द मुख्यमन्त्री को बता दे। उसने पाया था कि ऐसे वक़्त पीछे गड़न की तकलीफ़ होती थी हालाँकि मुख्यमन्त्री से सियासी रूप से अनौपचारिक हो जाने के बाद ये गड़न लगभग लुप्तप्रायः हो गयी थी।

दस बज कर दो मिनट जब हो गये तो दरवाज़े से एक अनजान व्यक्ति प्रकट हुआ और उसने उसे सम्बोधित किया– ''स्वर्णकार साहब मुख्यमन्त्री महोदय अपने कमरे में आ चुके हैं, आप भीतर जा सकते हैं।''

स्वर्णकार फुर्ती में उठा और तेज़ी से भीतर चला गया। मुख्यमन्त्री अपनी चेयर पर आकर बैठ चुका था। अन्दर पहुँचते ही झुकते हुए और दोनों हाथ जोड़ते हुए स्वर्णकार ने नमस्कार किया। जवाब में हाथ उठाते हुए मुख्यमन्त्री चितरंजन सिंह ने कहा– ''आइये स्वर्णकार जी।''

स्वर्णकार के मुँह से केवल 'जी' निकला और उसके तुरन्त बाद चितरंजन सिंह ने पूछा– ''बताइये कैसे आना हुआ?''

''काम तो कुछ नहीं था सर, दरअसल आज दोपहर एन.टी.पी.सी. की मीटिंग में शामिल होना है और आज ही रात वापिस जाना है इसलिए मैंने सोचा आपके दर्शन तो कर ही लूँ।''

''बहुत अच्छा किया आपने...तो अब कैसा चल रहा है सब कुछ? मैंने सुना है काफ़ी अच्छी रेवेन्यू आ रही है इस समय।'' चितरंजन सिंह ने एक अर्थपूर्ण मुस्कान के साथ कहा।

मुस्कान के अर्थ को स्वर्णकार भी समझ गया और कहा–''आप ठीक कह रहे हैं। तरक्की समय पूर्व होने की सम्भावना है।'' स्वर्णकार ने सीधे–सीधे कह दिया।

लेकिन चितरंजन सिंह ने अपनी सतर्कता नहीं छोड़ी और कहा– ''जो अपना लक्ष्य निर्धारित है उस तक पहुँचने की बात है फिर पारितोषिक तो मिल ही जायेगा।''

''अभी तक जो हुआ है और जो होने वाला है उसमें आपका आशीर्वाद काम कर रहा है।'' यह कहते हुए स्वर्णकार एक याचक की मुद्रा में आ गया था। उसके भी कारण थे क्योंकि अब वह अपनी समस्याओं और मुसीबतों की चर्चा करने वाला था।

"आशीर्वाद मत कहिए स्वर्णकार जी, वह मेरा सद्भाव ज़रूर है और इसमें हम दोनों की मर्जी शामिल है।" चितरंजन सिंह ने याचना के प्रत्योत्तर में कहा।

कई क्षण तेज़ी से गुज़रते गये और स्वर्णकार तेज़ी से यह सोचता रहा कि अपनी मुसीबतों की चर्चा कहाँ से शुरू की जाये। सोचने की प्रक्रिया में जहाँ वह आकर रुका वहाँ से कहना शुरू किया– "आपका और मेरा काम बन सके इसलिए मैंने कुछ एक्शन लिए थे जिसके परिणाम बहुत अच्छे आये। आपको पिछली बार बताया था कि मैंने फ्लाइंग स्क्वॉड बनाया था और ट्रांसफर्स सम्बन्धी सर्कुलर निकाले थे। उससे अनियमितताएँ बहुत कम हो गयी थीं और अनुशासन बहाल हुआ था। लेकिन यूनियनों के प्रान्तीय नेतागण धमकियाँ दे रहे हैं और मुझे भी सूत्रों से पता चला है कि आन्दोलन की तैयारियाँ यूनियनों में चल रही हैं। ऐसे में अपनी माँगों का दबाव यूनियनें बनायेंगी फिर जरा मुश्किल होगी। कुछ छोटी–मोटी माँगों पर तो विचार किया जा सकता है लेकिन तीन चीज़ें महत्त्वपूर्ण हैं, पहली फ्लाइंग स्क्वॉड को वापिस लेने वाली, दूसरी ट्रांसफर्स कैंसिल करने वाली और तीसरी दस प्रतिशत डी.ए. देने वाली, डी.ए. पर तो तब तक विचार नहीं हो सकता, जब तक प्रान्तीय सरकार फैसला नहीं लेती...अब इस स्थिति में आपसे दिशा निर्देश की ज़रूरत है।"

स्वर्णकार जब चुप हुआ तो चितरंजन सिंह सामने रखे ग्लोब को घुमाते हुए काफ़ी देर कुछ सोचते रहे फिर कहा– "ऐसा है स्वर्णकार जी, आप लोगों का लम्बा प्रशासनिक अनुभव है, वैसे तो मुझे कुछ बताने की ज़रूरत नहीं है आप लोग ख़ुद समझदार हैं और समस्याओं को ख़ुद डील कर सकते हो। यूनियनों में तोड़–फोड़ हो ऐसी कोशिश करें। मान्यता प्राप्त यूनियन की कुछ बातें मान लें...उनसे कहें, वे अपनी गतिविधियों का संचालन तेज़ कर दें। यह ठीक है कि कम्पनियाँ सरकार की एन्टरप्राइजेस हैं पर हम लोग डायरेक्ट इंटरफियर नहीं कर सकते यह आप समझते ही हैं। जो मेरे लेवल की बात होगी, मैं देखूँगा, दस प्रतिशत का आप आश्वासन दे सकते हैं कि वह अगले

महीने मिल जायेगा, क्योंकि हम लोग उस पर निर्णय लेने वाले हैं। आपको नहीं मालूम सम्भवतः कि आपकी कम्पनी के फ्लाइंग स्क्वॉड और ट्रांसफर्स वाले प्रकरण हमारी पार्टी के विधायक विरोध स्वरूप महत्त्वपूर्ण प्रश्नों के रूप में विधानसभा में उठाने वाले थे जिन्हें मैंने रुकवा दिया है...मैं ज़रूरत से ज़्यादा नहीं कर सकता...यदि करूँगा तो मुझपे सन्देह किया जायेगा...मेरे और आपके साँठगाँठ की अफ़वाहें लोग उड़ायेंगे और फिर मीडिया इन बातों को ले उड़ेगी। मुझे आगामी चुनाव भी देखना है, पार्टी की बदनामी न हो इसका पूरा ख़याल रखना है। तो ये सब परिस्थितियाँ हैं और सब पर गौर करना है... मुझे उम्मीद है आप सब डील कर लेंगे, फिर भी मैं कहता हूँ जहाँ भी मेरी ज़रूरत पड़ेगी, मैं वहाँ रहूँगा।''

बहुत विस्तार से अपनी बातें कहने के बाद जब चितरंजन सिंह रुका तो पहले जैसी ही याचक की मुद्रा में स्वर्णकार बोला– ''बस साहब मैं चाहता हूँ कि कोई बड़ी मुसीबत आयी तो आपके सहारे की ज़रूरत होगी, कम से कम आपके दिशा निर्देश से मैं मुसीबतों से लड़ लूँगा।''

''आप निश्चिन्त रहें, कोई मुसीबत नहीं आने वाली, केवल अपनी प्रशासनिक क्षमाताओं का अच्छे से इस्तेमाल करिए।'' चितरंजन सिंह अन्त में बोला, बोलने में जो ध्वनि थी उससे ज़ाहिर हो रहा था कि वह कह रहा है कि स्वर्णकार जी अब यहाँ से जाइए।

स्वर्णकार की समझदारी ने भी उसे इस बात की ओर इशारा किया और वह उठ गया। उसने बहुत शालीनता से नमस्कार किया और अन्त में कहा– ''बहुत जल्दी मिलता हूँ साहब।''

जब वह मुख्यमन्त्री आवास से निकला तो पौने ग्यारह बज रहे थे। बाहर कड़ी धूप हो चुकी थी, राजधानी की सड़कें चमक रही थीं। उसे राजधानी आने पर अपनी कम्पनी की स्कॉर्पियो ड्राइवर सहित मिली थी जिस पर वह सवार था। वह न जाने क्यों पीछे की सीट पर न बैठकर ड्राइवर की बग़ल वाली सीट पर बैठ गया। उसके साइड वाले दरवाज़े पर भी बैक व्यू मिरर लगी हुई थी। उसने अपने चेहरे को उस मिरर में मुस्कुराते हुए देखा...और यहीं से उसकी मुस्कुराहट ठहर गयी,

उसका चेहरा उसकी नज़र के सामने आ चुका था। उसने स्कॉर्पियो की विन्ड स्क्रीन पर देखा तो वहाँ भी उसे अपना चेहरा नज़र आया, उसने डेस्क बोर्ड पर लगी स्क्रीन को देखा, तो वहाँ भी उसे अपना चेहरा नज़र आया। उसका मनचाहा खेल शुरू हो चुका था। उसने बाहर की ओर देखा, वही खेल चल रहा था, विज्ञापनों के बड़े–बड़े होर्डिंग उसे अपना मुस्कुराता वही चेहरा दिखा रहे थे।

शाम को जब वह एन.टी.पी.सी. की मीटिंग से वापस लौटा तब भी उसका वही हाल था। उसे अभूतपूर्व इच्छा हुई शराब पीने की। कम्पनी के गेस्ट हाउस में वह ठहरा था। उसके आसपास अधिकारियों की इस बार भीड़ इसलिए नहीं थी क्योंकि उसने सबको मना कर दिया था, वह न जाने क्यों एकान्त चाहता था। उसकी ट्रेन उसके शहर के लिए रात बारह बजे निकलती थी इसलिए कोई जल्दबाज़ी नहीं थी। वह लगभग सात बजे अपने कमरे से बाहर निकला। कॉरीडोर से चलते हुए जब वह पार्किंग के पास पहुँचा तो स्कॉर्पियो का ड्राइवर उसके पास पहुँचा और पूछा– ''कहाँ चलना है साहब?''

उसने ड्राइवर से पूछा– ''तुम घर नहीं गये?'' ड्राइवर सुबह साढ़े पाँच बजे से उसके पास था।

''नहीं साहब।'' ड्राइवर तुरन्त बोला।

''तो एक काम करो तुम अपने घर चले जाओ, खाना वग़ैरह खा के साढ़े ग्यारह बजे यहाँ वापिस आ जाओ, मेरी ट्रेन बारह बजे है तो मुझे दस मिनट में स्टेशन छोड़ देना फिर चले जाना...ठीक है?''

''जी साहब'' ड्राइवर ने कहा और स्कॉर्पियो की तरफ़ बढ़ गया।

थोड़ी दूर पर ही अंग्रेज़ी शराब की दुकान थी। स्वर्णकार पैदल वहाँ तक गया और एक स्कॉच की बोतल उसने खरीदी और वापिस कमरे पर आ गया। कमरे में पीने के साथ खाने के लिए बहुत–सी चीज़ें थीं इसलिए किसी को बुलाना नहीं पड़ा, खाने का आर्डर उसने ज़रूर फ़ोन पर दिया और नौ साढ़े नौ बजे तक लाने को कहा।

उस रात उसने तीन पैग शराब पी। वह जानता था, वह अकेला है उसे कोई देखने वाला नहीं है और किसी तरह रोकने वाला कोई नहीं है।

साढ़े ग्यारह के पहले ही उसके स्कॉर्पियो के ड्राइवर ने मोबाइल पर ख़बर दी कि वह आ गया है।

वह अपने ट्राली वाले सूटकेस को लेकर चला तो पहले दो–तीन क़दम लड़खड़ाया फिर उसने अपने–आपको बेहद सतर्कता से सम्हाल लिया।

ट्रेन में वह रात रंगीन सपनों के साथ गुज़री। वहाँ भी हर जगह उसने अपना मुस्कुराता चेहरा देखा।

❐

उस महीने का तृतीय शनिवार दूसरे दिन था और स्वर्णकार अपनी डायरी में चीफ़ इंजीनियर्स की मीटिंग के लिए ज़रूरी प्वाइंट्स नोट कर रहा था। ये चीफ़ इंजीनियर्स की आख़िरी मीटिंग है। जिस समय ये पहुँचेंगे उसके कुछ देर बाद स्वर्णकार के घर में हिसाब–किताब पूरा करने पहुँचेंगे। मीटिंग तो घण्टों बाद होने जा रही होगी। मीटिंग के झूठे प्वाइंट्स हर बार स्वर्णकार ही बनाता था और उसे कई कॉपियों में टाइप कराके उन पर चीफ़ इंजीनियर्स के हस्ताक्षर ले लेता था। मीटिंग के झूठे मिनट्स तैयार हो जाते थे। वैसे अनौपचारिक रूप से प्रशासनिक बातचीत भी होती थी और कुछ अति आवश्यक मुद्दों को विमर्श में लाकर निर्णय भी लिए जाते थे और उन्हें बाकायदा झूठे मिनट्स के साथ लिखा जाता था। इसी तरह के पुराने मिनट्स पर इस तरह की चर्चा भी होती थी कि उन मिनट्स में उठे मुद्दों का क्या हुआ। सभी बातों को इस तरह नियमित किया जाता था कि कोई सन्देह न कर सके।

दूसरे दिन स्वर्णकार के चैम्बर में सारे चीफ़ इंजीनियर्स समय पर पहुँच गये थे। स्वर्णकार तो पहले से इन्तज़ार ही कर रहा था।

इस बार मीटिंग की शुरुआत में ही कॉफ़ी–बिस्किट सर्व कर दिया गया। बड़ी देर तक कॉफ़ी की चुस्कियों के साथ सामाजिक बातें बड़े ही अनौपचारिक ढंग से होती रहीं। चूँकि मीटिंग की अवधि

अनिश्चित थी इसलिए स्वर्णकार ने कोई रोक–टोक नहीं की और लगभग आधा घण्टा इसी अनौपचारिकता में गुज़र गया। सब लोग प्रसन्न थे। चीफ़ इंजीनियर्स तो इसलिए प्रसन्न थे कि उनके सर से बड़ा बोझ उतर गया था। स्वर्णकार इसलिए प्रसन्न था कि वह अपने लक्ष्य तक लगभग पहुँच गया था।

थोड़ी देर बाद स्वर्णकार औपचारिक होकर बोला– "आप लोगों को आज की मीटिंग का एजेण्डा लिखित रूप में वितरित किया जा चुका है और मुझे उम्मीद है आप लोगों ने उसका अध्ययन कर लिया होगा। इसके पहले कि हम सब उन पर बात करें, पिछली मीटिंग में जो मुद्दे सामने आये थे उनका निबटारा हुआ कि नहीं इसकी जानकारी आप लोग बारी–बारी से दें।"

स्वर्णकार के इतना कहते ही सभी चीफ़ इंजीनियर्स ने बारी–बारी से अपनी रिपोर्ट प्रस्तुत की जिससे यह परिलक्षित हुआ कि सारे मुद्दों का निबटारा लगभग हो गया है और सबसे विशेष बात यह कि पिछले महीने रेवेन्यू का जो टारगेट दिया गया था उससे आगे बढ़कर परिणाम सामने आये यानी लक्ष्य से अधिक रेवेन्यू कम्पनी ने कमाए। इस बात पर सभी ने ज़ोरदार तालियाँ बजायीं। इसके बाद स्वर्णकार ने इस मीटिंग के मुद्दों को उठाना शुरू किया। उसने पूछा– "फ्लाइंग स्क्वॉड के बारे में क्या रिपोर्ट है?"

एक चीफ़ इंजीनियर खड़ा हुआ और उसने कहा– "साहब फ्लाइंग स्क्वॉड का काम बहुत अच्छा चल रहा है इसके भय से अनुशासनहीनता शून्य पर पहुँच गयी है। आपका यह कॉन्सेप्ट एकदम सफल रहा है साहब।"

ठीक इसी तरह की रिपोर्ट सारे चीफ़ इंजीनियर्स ने दी। स्वर्णकार अपनी तारीफ सुनकर अभिभूत हो जाता था और ऐसे व्यस्त क्षणों में भी उसके सामने वही मज़ेदार खेल फिर शुरू हो जाता था और उसके आसपास बड़ी–बड़ी स्क्रीन्स उभरने लगती थीं और उसमें उसका मुस्कुराता चेहरा दिखने लगता था। बहुत मुश्किल से वह इनसे मुक्त होता था हालाँकि यह मुक्ति उसे अच्छी नहीं लगती थी।

उसे व्यवहारिकताओं से चिढ़ होने लगती थी और पूरा वक़्त सपनों में बिताने की इच्छा ज़ोर पकड़ने लगती थी। अक्सर आजकल वह अपनी तारीफों से कतराने लगा था। उस वक़्त वह फिर कतराया और अगला प्रश्न किया–''चलिए आगे की बात की जाये, ट्रांसफर्स की क्या स्थिति है?''

फिर से पहली दफा में वही चीफ़ इंजीनियर खड़ा हुआ जिसने थोड़ी देर पहले स्वर्णकार की तारीफ की थी और उसने कहा– ''क़रीब पाँच ट्रांसफर्स किये हैं जिनमें तीन को अब तक रिलीव किया जा चुका है, दो की रिलीविंग बाकी है। ये ट्रांसफर्स रीजनल लेवल के हैं, इंटर रीजन के लिए केस ऊपर भेजे गये हैं। कुछ ट्रांसफर्स सर्किल लेवल के थे जिनका अनुपालन पूरी तरह से हो गया है।''

लगभग इसी तरह की रिपोर्टिंग सभी ने की। स्वर्णकार पूरी तरह सन्तुष्ट हुआ और सारे मुद्दों पर फिर बड़ी देर तक चर्चाएँ चलती रहीं और स्वर्णकार उनसे भी सन्तुष्ट हुआ।

मीटिंग समाप्ति के पहले स्वर्णकार ने कहा– ''ये मीटिंग आगामी माह में भी, अगले आदेश तक चलती रहेंगी और रूटीन की भरपाई आप लोग करते रहेंगे।''

भरपाई का अर्थ सारे इंजीनियर्स अच्छी तरह समझते थे इसलिए सभी ने स्वीकार किया।

ये बातें कम्पनी के शीर्ष अधिकारियों को बिल्कुल पता नहीं थीं कि चीज़ें अन्दर ही अन्दर पक रही हैं, लोहा गरम हो रहा है, कर्मचारी आन्दोलित हो रहे हैं और विस्फोटक स्थिति कभी भी पैदा हो सकती है। फील्ड की जानकारियाँ उन्हें तब तक नहीं मिलती थीं जब तक फील्ड के अधिकारी न बताये। फील्ड के अधिकारी एक समय विशेष तक जानकारियाँ देते रहे पर ऊपर से कोई भी एक्शन लेने के निर्देश न मिलने पर उन्होंने जानकारियाँ देना बन्द कर दिया। दरअसल कर्मचारियों या जनता जनार्दन से सामना उन्हें ही करना पड़ता था। फील्ड के सभी कार्यालयों में पब्लिक डीलिंग का काम मुख्य रूप से होता था। जनता जनार्दन का अलग किस्म का आन्दोलन भी झेलना पड़ता था।

आये दिन जनता का कहीं न कहीं झगड़ा आम बात थी। शीर्षस्थ अधिकारियों को जनता से मिलने की ख़बरें नहीं मिलती थीं। ये ख़बरें भी यदि मिलती तो केवल स्थानीय अख़बार की ख़बरों से। ख़बरें जनता की पक्षधर होतीं और तथ्यों को उलट–पलट कर अतिशयोक्तिपूर्ण बनाया जाता। अख़बार ये सब अपना धन्धा चमकाने के लिए निरन्तर करते रहते। अख़बारों की इन हरकतों से जनता के अन्दर ग़ज़ब का विरोध पैदा होता जा रहा था। कम्पनी के विरुद्ध भड़काने वाली बातें चाय की गुमटियों में, पान के ठेलों पर या घरों में आपसी बातचीत में होती ही रहती थीं। कुल मिलाकर कम्पनी की स्थिति बेहद ख़राब होती जा रही थी।

सिर्फ़ जनता जनार्दन से ये तकलीफ़ें नहीं थीं, राजनीतिक पार्टियाँ भी प्रदर्शन वगैरह करके ज्ञापनों की बौछार करतीं। ये सब फील्ड के ऑफ़िसों में ही होता। फील्ड ऑफ़िस रोते–धोते सबका सामना करते और ज्ञापनों को उच्चाधिकारियों तक पहुँचाते, उच्चाधिकारी, कम्पनी सेक्रेटरी और चेयरमैन तक उन्हें पहुँचाते। पर सेक्रेटरी को तो प्रान्त के मुखिया से अभयदान मिला हुआ था इसलिए वह एक तरह से समस्याओं की अनदेखी कर देता था।

बात सिर्फ़ यहीं तक नहीं थी, प्रान्त के अलग–अलग शहरों में जो यूनियनों की, खासकर बिजली मज़दूर संघ की इकाइयाँ थीं वे सर्किल स्तर के ऑफ़िसों से लेकर डिवीजन स्तर के कार्यालयों में अपनी माँगों के लिए उग्र प्रदर्शन करतीं और ज्ञापनों को देने का काम करतीं और जिस दिन ये प्रदर्शन होता उस दिन काम न के बराबर होता। सारे कर्मचारी प्रदर्शनों में हिस्सा लेते। उनका काम नहीं होने से जनता अलग परेशान करती। कुल मिलाकर उस दौरान चारों ओर परेशानियाँ ही परेशानियाँ थीं जिन्हें दूर करना कठिन होता जा रहा था।

इन परिस्थितियों में बिजली मज़दूर संघ का प्रान्तीय सचिव सीतारमण बहुत बेचैन था, उसका अन्तर्मन उसे बार–बार उकसा रहा था कि यदि उसने अब क़दम नहीं उठाये तो उसकी नेतागिरी ख़त्म हो जायेगी। पूरे प्रान्त से अब उसे उसके लिए लानत भरे समाचार

मिलने लगे थे। इसी तरह की बेचैनी के एक दिन उसने निर्णय लिया कि कुछ करने के पहले प्रान्तीय कार्यकारिणी की बैठक बुला ली जाये।

उसने सुबह से बैठकर कार्यकारिणी के सदस्यों को अपने मोबाइल से फ़ोन लगाना शुरू किया। उसकी प्रान्तीय कार्यकारिणी में लगभग पचास सदस्य थे। उसने अगले हफ्ते के सोमवार चार बजे मीटिंग का समय निश्चित किया था। फ़ोन करते–करते और मुहिम के बारे में समझते–समझाते लगभग दो घण्टे का समय निकल गया। इतना कर लेने के बाद उसकी बेचैनी में कमी आयी और वह तात्कालिक रूप से निश्चिन्त हो गया।

कम्पनी की ख़ूबसूरत विशाल इमारत के ही इर्द–गिर्द पुराने ऑफ़िस थे जहाँ इमारत के बनने के पहले मुख्यालय के बहुत सारे कार्यालय हुआ करते थे। उन्हीं के बीच में बिजली मज़दूर संघ का कार्यालय है। मीटिंग के लिए सीतारमण एजेण्डा तैयार करने पर विचार कर रहा था। हालाँकि एजेण्डे में तीन–चार मुख्य बिन्दु पर बातचीत करनी थी क्योंकि अब छोटी–मोटी माँगों पर विचार करने की कोई ज़रूरत नहीं थी। मुख्य रूप से उन मुद्दों को उठाना था जो मैनेजमेंट की तानाशाही से जुड़ी थीं। उसने तीन–चार बिन्दुओं का एजेण्डा बना लिया।

सोमवार को नियत समय पर सीतारमण अपनी यूनियन के कार्यालय पहुँच गया। लगभग दस मिनट के अन्दर कार्यकारिणी के सदस्य, जो पूरे प्रान्त के छोटे–बड़े शहरों से आये थे, इकट्ठे हो गये। लगभग सभी ने सीतारमण से हाथ मिलाया फिर जिसे जहाँ जगह मिली, बैठ गया। बहुत देर तक आपस में मिलने–बतियाने का शोर होता रहा। अन्त में सीतारमण ने ज़ोर से सबको आवाज़ दी– "कृपया शान्त हो जायें, हम मीटिंग शुरू करने जा रहे हैं।" बड़े से उस विशाल कमरे में शान्ति छा गयी। फिर सीतारमण ने बोलना शुरू किया– "इस बार की यह मीटिंग बहुत गम्भीर मसलों को उठाने के लिए रखी गयी है। पिछले लगभग छह महीने से मैनेजमेंट का जो रवैया कर्मचारियों के लिए है वह कतई सराहनीय नहीं है।

सब जानते हैं कि कम्पनी सेक्रेटरी ने एक तानाशाह की तरह हम सब पर शासन करना शुरू कर दिया है...फ्लाइंग स्क्वॉड उसका वह शस्त्र है जिससे वह हमारी गर्दन काट रहा है, भोले–भाले कर्मचारियों को कहीं भी पकड़ लेना और फिर उन पर अनुशासनात्मक कार्रवाई करना ऐसा जुल्म है जिससे हमारा कर्तव्यनिष्ठ कर्मचारी भयंकरतम त्रास में जी रहा है...सिर्फ़ इतना ही नहीं, बिना किसी कारण के उनका थोक में स्थानान्तरण किया जा रहा है और कर्मचारी बेघर हो रहा है। किसी की स्थिति–परिस्थिति का कोई ध्यान नहीं रखा जा रहा है। हमारा कर्मचारी टूटता जा रहा है उसकी स्थिति दयनीय होती जा रही है। इस बार जो हो रहा है वह कम्पनी के इतिहास में कभी नहीं हुआ। इसलिए भाइयों इस वक़्त हमें एकजुट होना है और अत्याचार के ख़िलाफ़ आन्दोलन करना है।"

सीतारमण के इतना कहते ही नारे लगने लगे।

"इंकलाब ज़िन्दाबाद"

"ज़िन्दाबाद, ज़िन्दाबाद"

"जो हिटलर की चाल चलेगा"

"वो हिटलर की मौत मरेगा"

"मैनेजमेंट होश में, होश में आओ"

"होश में आके बात करो"

"जो हमसे टकरायेगा"

"चूर–चूर हो जायेगा"

"इंकलाब ज़िन्दाबाद"

"ज़िन्दाबाद, ज़िन्दाबाद"

नारों के शोर को बीच में रोकते हुए सीतारमण ने कहा– "कृपया ध्यान दें आज की मीटिंग में जो एजेण्डा है उसमें मुख्य रूप से तीन बिन्दु हैं जिन्हें मैं आपके सामने पढ़ता हूँ, वे हैं–

"फ्लाइंग स्क्वॉड की कार्रवाई को तुरन्त बन्द करना।"

"दूसरा जबरिया स्थानान्तरणों को निरस्त करना।"

"तथा तीसरा है दस प्रतिशत डी.ए. प्रदान करना।"

"बाकी की छोटी–छोटी माँगें हैं उन्हें हम अपने प्रचार में रखेंगे और दिये जाने वाले ज्ञापन में भी लायेंगे। मैं समस्त माँगों का ज्ञापन पहले दे चुका हूँ, पर सेक्रेटरी ने विचार करने से असहमति जताई है। उन्होंने कोई आश्वासन भी नहीं दिया है कि किसी निश्चित समय तक इन माँगों पर विचार किया जायेगा।... मैं चाहता हूँ कि आप इस सदन को बतायें कि क्या एक बार और ज्ञापन दिया जाये अथवा आन्दोलन की घोषणा की जाये?"

कमरे में फिर शोर होने लगा, कोई कह रहा था "आन्दोलन की घोषणा की जाये" कोई कह रहा था कि "एक बार और ज्ञापन दिया जाये।"

इस तरह कमरे में बड़ी देर तक शोर होता रहा अन्त में शोर समाप्त करने के लिए सीतारमण ने दोनों हाथ उठाकर इशारा किया। जब शोर लगभग शान्त हो गया तो उसने कहा– "इस तरह तो काम नहीं चलेगा...चलिए जो आन्दोलन शुरू किया जाये, इसके समर्थन में हैं, हाथ उठाये।"

इतना कहने पर सिर्फ़ पन्द्रह लोगों के हाथ उठे। "अब वे लोग हाथ उठायें जो समर्थन करते हैं कि एक बार और ज्ञापन दिया जाये।"

यह कहते ही सत्ताईस लोगों के हाथ उठे।

सत्ताईस की गिनती गिनने के बाद सीतारमण ने कहा– "देखिये ज़्यादा लोगों का समर्थन इस बात पर है कि फिर एक बार ज्ञापन दिया जाये। इसलिए मैं शीघ्र ही एक ज्ञापन तैयार करूँगा और उसमें एक डेड लाइन दूँगा कि इतने समय तक यदि हमारी माँगों पर विचार नहीं किया गया तो तीव्र आन्दोलन किया जायेगा, जिसमें काम बन्द और बिजली बन्द की भी घोषणा होगी। क्या सब इस बात पर सहमत हैं?"

"हाँ, सहमत हैं" के शोर के साथ लगभग सभी लोगों ने हाथ उठाये।

"तो ठीक है, आज की मीटिंग यहीं समाप्त होती है, मेरा आप सबसे निवेदन है कि आज हमने जो निर्णय लिया है उसकी जानकारी

सभी लोगों तक पहुँचाएँ और अपने–अपने क्षेत्रों में आन्दोलन की तैयारी में जुट जायें।'' अन्त में सीतारमण ने सबको सम्बोधित करते हुए कहा।

तब तक सबके लिए चाय आ चुकी थी, वहाँ शोर फिर से होने लगा, लोग आपस में आन्दोलन की तैयारी की बातचीत भी करने लगे।

फिर थोड़ी ही देर बाद भीड़ छँट गयी।

अब सीतारमण को आन्दोलन की तैयारी शुरू करनी थी।

दूसरे दिन उसने ज्ञापन तैयार किया जिसमें बड़ी से लेकर छोटी–छोटी माँगें भी समाहित थीं, फिर आख़िर में उल्लेखित था कि अमुक–अमुक तारीख़ तक यदि माँगों को स्वीकार नहीं किया तो यूनियन आन्दोलन करने के लिए बाध्य होगी जिसमें बिजली बन्द तक की कार्रवाई की जायेगी जिसके लिए बिजली कम्पनी पूरी तरह ज़िम्मेदार होगी।

उसी दिन स्वर्णकार के चैम्बर पर पहुँचकर उसने स्वर्णकार के चपरासी को एक चिट पकड़ाकर स्वर्णकार से मिलने का समय माँगा। थोड़ी ही देर बाद चपरासी स्वर्णकार से मिलकर वापिस आया और कहा– ''साहब ने कल दोपहर तीन बजे मिलने को कहा है। आप कल तीन बजे आ जाइए।

एक दिन पहले की कार्यकारिणी की मीटिंग के समाचार पूरे प्रान्त में और मुख्यालय के हर कोने तक पहुँच चुके थे। सारी कम्पनी के कर्मचारियों के बीच इसको लेकर तरह–तरह की चर्चाएँ व्याप्त थीं और एक तरह का उत्साह का संचार चारों ओर हो रहा था। लोगों की तरह–तरह की प्रतिक्रियाएँ सामने आ रही थीं। कुल मिलाकर पूरे वातावरण में उत्सावर्धन हो रहा था। फील्ड की यूनियन की छोटी–छोटी इकाइयों में अनौपचारिक बैठकें प्रारम्भ हो गयी थीं और आन्दोलन की तैयारियों के लिए कर्मचारियों से यूनियन के पदाधिकारियों ने चन्दा उगाहना आरम्भ कर दिया था। इन गतिविधियों की ख़बर सीतारमण तक तेज़ी से पहुँच रही थीं और वह जोशो–खरोश से जुटा हुआ था।

दूसरे दिन वह अपने चार–पाँच साथियों के साथ ठीक तीन बजे स्वर्णकार के चैम्बर के दरवाज़े पर पहुँच गया। बाहर खड़े चपरासी से उसने कहा कि साहब को बताकर आओ कि हम लोग आ गये हैं।

चपरासी एक मिनट के भीतर अन्दर जाकर बाहर आया और कहा– ''जाइए साहब अन्दर बुला रहे हैं।

सीतारमण अपने साथियों समेत अन्दर पहुँचा। हमेशा की तरह स्वर्णकार ने उन सबका स्वागत किया। उसने खड़े होकर सीतारमण से हाथ मिलाया। फिर सबसे बैठ जाने का निवेदन किया।

सबके बैठ जाने के बाद स्वर्णकार ने सीतारमण से पूछा– ''कहिए सीतारमण जी, कैसे आना हुआ?''

''कैसे आना होगा सर। हम लोग तो अपनी डिमाण्ड लेकर ही आपके पास आते हैं, वही लेकर आये हैं।'' सीतारमण ने अपना ज्ञापन स्वर्णकार की ओर बढ़ाते हुए कहा।

स्वर्णकार ने ज्ञापन अपने हाथ में लिया फिर उसे पढ़ना शुरू किया। थोड़ी देर तक पढ़ने के बाद उसके चेहरे पर एक कुटिल मुस्कान छा गयी फिर उसने कहना शुरू किया– ''देखिये सीतारमण जी, यही माँगें आपके पिछले ज्ञापन में थीं और मैंने तत्काल जवाब दे दिया था कि मैं फिलहाल कुछ नहीं कर पाऊँगा, वही स्थिति अभी भी है, मैं सिर्फ़ यह कह सकता हूँ कि सम्भवतः दस प्रतिशत के डी.ए. के आदेश अगले माह तक कर दिये जायेंगे। रही फ्लाइंग स्क्वॉड और स्थानान्तरण की तो किसी भी सिन्सीयर कर्मचारी को इससे घबराने की ज़रूरत नहीं है। वैसे भी हमने स्थानान्तरण लोकल लेवल पर ही ज़्यादा किये हैं। जिनका रिकार्ड ख़राब है केवल उन्हें बाहर भेजा गया है। आप अगर चाहेंगे तो मामले को हम लोग बोर्ड में डिस्कस कर लेंगे, फिर बतायेंगे कि क्या निर्णय हुआ है।''

''स्वर्णकार साहब मैं इस बार कोई जिरह करने नहीं आया हूँ सिर्फ़ निवेदन करने आया हूँ एक ज्ञापन के माध्यम से। अब इसके बाद मैं आऊँगा भी नहीं क्योंकि माँगें नहीं माने जाने की स्थिति में हम लोग आन्दोलन के लिए बाध्य हैं इसीलिए मैंने एक डेड लाइन ज्ञापन

में दर्ज की है अगले कुछ दिनों बाद की। पूरे प्रदेश की बिजली हम मजबूरी में बन्द कर देंगे, इसका आप ख़याल रखेंगे। मैं आख़िरी बार हाथ जोड़कर आपसे निवेदन कर रहा हूँ कि हमारी माँगें मान लें।'' सीतारमण ने हाथ जोड़ते हुए कहा।

सुनकर स्वर्णकार ने भी हाथ जोड़े और कहा– ''सीतारमण जी मैं भी हाथ जोड़कर प्रार्थना करता हूँ मैं अनुशासन से समझौता नहीं कर सकता और डी.ए. देने को हम तैयार हैं, जैसे ही अगले माह प्रदेश शासन आदेश करेगी वैसे ही हम भी आदेश कर देंगे तुरन्त। बाकी के लिए आप क्षमा करें।''

यह सुनकर सीतारमण वहाँ रुका नहीं और कहा– ''अब आप मेरी डेड लाइन पढ़कर फैसला करें, नमस्कार।''

''नमस्कार।'' स्वर्णकार ने भी कहा।

वहाँ से निकलकर सीतारमण ने अपने साथियों से कहा– ''आज शाम सात बजे अपनी स्थानीय इकाई की मीटिंग बुलाते हैं और आन्दोलन के लिए ज़रूरी कार्रवाइयाँ शुरू करते हैं। आप लोग सभी पदाधिकारियों और स्थानीय इकाई के कार्यकारिणी के सदस्यों को तुरन्त सूचना दें, और शाम सात बजे यूनियन ऑफ़िस पहुँचने को कहें।''

सभी लोगों ने एक स्वर में 'हाँ' की और अपनी–अपनी दिशा की ओर चल दिये।

शाम सात बजे क़रीब बीस लोग यूनियन ऑफ़िस में जमा हो गये।

जब सब लोग इकट्ठे होकर बैठ गये तो सीतारमण ने कहना शुरू किया–''दोस्तो, आपकी सूचना के लिए बता दूँ कि आज मैं और हमारे कुछ साथी ज्ञापन लेकर सेक्रेटरी से बातचीत करने गये थे, पर मुझे अफसोस है कि सेक्रेटरी ने हमारी सभी माँगों को मानने से इनकार कर दिया और कोई समाधानपरक बात नहीं की, एक तरह से उन्होंने माँगों को मानने से साफ़ इनकार कर दिया। अब ऐसी परिस्थिति में आन्दोलन के अलावा हमारे पास कोई रास्ता नहीं बचा है इसलिए मैंने उन्हें एक डेड लाइन दी है। डेड लाइन की तारीख़ तक वे यदि माँगों को नहीं मानते तो हमें आगे बढ़ना होगा।

प्रथम चरण में हमें अनिश्चितकालीन काम बन्द हड़ताल करनी है, द्वितीय चरण में बिजली बन्द करने की घोषणा करनी है। हमने काम बन्द कर हड़ताल की तारीख़ 15 अक्टूबर तय की है। यदि मैनेजमेंट कुछ न सुनते हुए हम पर जुल्म ढाता है तो अन्त में बिजली बन्द करना है। सिर्फ़ एक दिन यदि प्रान्त की बिजली बन्द करने में हमने सफलता अर्जित कर ली तो मैनेजमेंट की चूलें हिल जायेंगी। लेकिन हमें इसके लिए एकजुटता और साहस दिखाना है। पूरा वक़्त निर्भय होकर आन्दोलन को आगे बढ़ाते जाना है।'' यह सुनकर वहाँ उत्साह में नारे लगने लगे।

''इंकलाब ज़िन्दाबाद''

''ज़िन्दाबाद ज़िन्दाबाद''

''हमारी माँगें पूरी करो, पूरी करो''

''जो हमसे टकरायेगा''

''चूर–चूर हो जायेगा''

''मैनेजमेंट होश में आओ''

''होश में आके बात करो''

''जो हिटलर की चाल चलेगा''

''वो हिटलर की मौत मरेगा''

नारों को हाथ उठाकर सीतारमण ने रोका फिर आगे कहा– ''यही उत्साह सब ओर बना रहना चाहिए। सब लोगों को जोशो खरोश से भर देना है। कल से पोस्टर छपवाने का काम करना है। कल से ही दीवारों पर अपनी माँगों को अपने नारों को लिखना है। मुख्यालय सहित शहर के सारे फील्ड ऑफ़िस की कम्पाउण्ड वाल में कल से ये सब लिखा दिखना चाहिए। मैं एक विज्ञप्ति बनाकर सारे अख़बारों में आज ही देने जाता हूँ।''

''कल से हर ऑफ़िस के बाहर कार्यालय बन्द होने के साथ पाँच से दस मिनट का प्रदर्शन शुरू करना है।'' सीतारमण बोलता जा रहा था और वहाँ एकत्रित सभी लोग बेहद उत्साह से सुन रहे थे।

मीटिंग के बाद मोबाइल से प्रान्त के पदाधिकारियों को यही सारे निर्देश सीतारमण ने दिये और 15 अक्टूबर से काम बन्द हड़ताल का नोटिस देने को कहा। उसने सबसे कहा कि 15 अक्टूबर से हर हालत में काम बन्द हड़ताल शुरू करनी है। उसके लिए अभी से जुट जायें और प्रान्त के कोने–कोने में यह दिखना चाहिए कि बिजली कर्मचारी 15 अक्टूबर से हड़ताल पर रहेंगे और उसकी सारी ज़िम्मेदारी बिजली कम्पनी की होगी। हमारी जायज माँगों का प्रचार दूर–दूर तक होना चाहिए। मोबाइल पर सीतारमण लगभग दो घण्टे तक पूरे प्रान्त में निर्देश देता रहा। उसके बाद उसने प्रेस विज्ञप्ति तैयार की और अपने स्कूटर पर उन्हें चार अख़बारों में बाँटने निकल पड़ा।

देर रात वह घर पहुँचा और दो पेग लगाकर फिर खाना खाकर सो गया।

दूसरी सुबह वह उठा और चाय–नाश्ता करके निकल पड़ा। उसे पैम्फलेट और पोस्टर्स छपवाने थे और दीवारों पर लिखने के लिए कुछ छोटे–मोटे पेन्टर्स पकड़ने थे। इन कामों को करते हुए उसे दो घण्टे निकल गये। दोपहर तक पैम्फलेट और पोस्टर्स छपकर मिल जाने थे जिसे जगह–जगह चिपकवाना था। दोपहर में जाकर वह पोस्टर्स ले आया और पाँच–सात साथियों को देकर जगह–जगह चिपकवाने लगा। इसी बीच पेन्टर्स आ गये और निर्देश देकर उसने उन्हें रवाना कर दिया।

शाम तक मुख्यालय तथा फील्ड ऑफ़िसों में ये कार्रवाइयाँ पूरी हो गयी थीं। शहर के अख़बारों में प्रमुखता से काम बन्द हड़ताल और बिजली बन्द हड़ताल की ख़बरें छपी थीं। इसी तरह प्रान्त के अन्य शहरों के छोटे–बड़े सभी अख़बारों में ये समाचार छपे थे। शहरों से लेकर छोटे–छोटे क़स्बों और यहाँ तक कि गाँवों में ये समाचार पहुँच चुके थे। पूरी बिजली कम्पनी के कर्मचारियों और अधिकारियों को यह मालूम हो गया था कि आने वाले अक्टूबर माह की पन्द्रह तारीख़ को हड़ताल होने जा रही है। कर्मचारीगण ख़ुश थे तो अधिकारियों को तनाव ने घेरना शुरू कर दिया था। उन्हें काम बन्द हड़ताल की इतनी

चिन्ता नहीं थी जितनी चिन्ता बिजली बन्द को लेकर थी। बिजली बन्द का मतलब होता था प्रान्त के हर नागरिक का प्रभावित होना और समस्त राजनीतिक पार्टियों का बीच में आना और तरह–तरह की धमकियाँ देना। सीधे चेयरमैन को निशाना बनाना फिर चेयरमैन के द्वारा अनुशासनात्मक कार्रवाई करना। कुल मिलाकर अच्छा खासा सिरदर्द का बनना। इसलिए पूरी कम्पनी में तेज़ हलचल शुरू हो गयी थी। सब अपने–अपने तरीक़े से सोच रहे थे कि कैसे हड़ताल को टाला जाये क्योंकि ज़िम्मेदार लोग बिल्कुल ध्यान नहीं दे रहे थे। सारे प्रचार में, नारों में सेक्रेटरी को निशाना बनाया जा रहा था और सेक्रेटरी के कानों में जूँ भी नहीं रेंग रही थी।

❑

उस दिन स्वर्णकार की टेबिल पर फ़ाइलों की बहुतायत नहीं थी। एक तरह से वह फ्री था पर उसकी टेबिल पर बिजली मज़दूर संघ का पैम्फलेट, पोस्टर और उनकी माँगों की साइक्लोस्टाइल कॉपियाँ ज़रूर पड़ी थीं जिनमें हर पैम्फलेट और पोस्टर पर अन्त में लिखा था "कम्पनी सेक्रेटरी स्वर्णकार मुर्दाबाद", "कम्पनी प्रशासन मुर्दाबाद"। ये सब देख पढ़कर उसके चेहरे पर हर समय वाली एक कुटिल मुस्कान छा गयी। वह सोच रहा था कि जब इतने सारे लोग उसके लिए मुर्दाबाद लिख रहे हैं इसका दूसरा मतलब यह भी निकलता है कि वह बहुत शक्तिशाली है। वह मान नहीं सकता था पर वह उद्विग्न हो चला था। वह उसी वक़्त समझ नहीं पा रहा था कि प्रशासनिक रूप से उसे इस हड़ताल पर कैसे काबू पाना है या उसे असफल बनाना है। फौरी तौर पर उसने यह तो तय कर लिया था कि चेयरमैन से कहकर फुल बोर्ड मीटिंग करनी है ताकि कोई प्रशासनिक निर्णय लिया जा सके। उसकी उद्विग्नता इसलिए भी थी कि आजकल में ही मीटिंग हो जाये पर चेयरमैन दिल्ली के दौरे पर थे और दो दिनों बाद लौटने वाले थे। तब तक कुछ हो नहीं सकता था।

वह अपनी तरफ़ से चेयरमैन के बिना मीटिंग कर नहीं सकता था। जो वह कर सकता था उसके मुताबिक वह ख़ुद अपने स्तर पर यूनियन के लोगों को बुलाए और कुछ झूठे आश्वासनों के साथ होने वाली हड़ताल को रोके, पर यह करना भी बाद में चेयरमैन बन जाने पर उसी के सर पर आना है। इसलिए वह बेहद कशमकश में था। आज की स्थिति में फ्लाइंग स्क्वॉड को बन्द करना अथवा स्थानान्तरणों को निरस्त करने जैसी हरकत उसकी और प्रशासन की हार मानी जायेगी जिस पर बोर्ड में उससे सख़्त पूछताछ हो सकती है और सब कुछ के लिए उसे व्यक्तिगत रूप से ज़िम्मेदार ठहराया जा सकता है। नहीं, नहीं वह ऐसा बिल्कुल नहीं करेगा। फिर कोई भी हरकत करने के पहले चेयरमैन से पूछना ही नियमानुसार ठीक होगा। वह अच्छी तरह से समझ रहा था कि उसकी यह उद्विग्नता बिना कुछ किये समाप्त नहीं होगी। हालाँकि वह ख़ुद को समझाने की बहुत कोशिश कर रहा था कि हर बार की तरह इस बार भी कोई रास्ता निकल जायेगा और हड़ताल टल जायेगी। पर ऐसा सोचते ही उसे सीतारमण की याद आ जाती थी और पिछली मुलाक़ात में उसके कहे गये बोल याद आ जाते हैं कि ''मैं आख़िरी बार आपसे मिलने आया हूँ।'' ऐसी कोई भी सोच उसे राहत नहीं पहुँचाती। दूसरी ओर उसके ज्वाइंट सेक्रेटरी और डिप्टी सेक्रेटरी सुबह से आकर याद दिला गये कि इस बार यदि कुछ नहीं किया तो हड़ताल को रोकना बहुत मुश्किल होगा। उन लोगों को कम्पनी के निचले स्तर तक की जानकारी पूरा वक़्त मिलती रहती इसलिए वे काफ़ी हद तक स्थितियों को समझते थे इसीलिए उन लोगों ने आकर आगाह किया था। हालाँकि वे भी सच्चे अर्थों में चाहते थे कि हड़ताल न हो और कोई रास्ता निकल आये। उन्हें भी उसे जवाब देना पड़ा था कि चेयरमैन की अनुपस्थिति में कोई निर्णय नहीं लिया जा सकता।

ऐसी ही किसी कशमकश की स्थिति में पीछे उसे गड़न महसूस होती थी और बिना कुछ किये वह उसे मिटा नहीं सकता था। उस दिन भी ऐसा ही हो रहा था और इससे निजात ज़रूरी थी इसलिए

उसने अपनी कम्पनी के डायरेक्टर ऑफ़ विजिलेंस एंड सिक्यूरिटी को मोबाइल से फ़ोन किया।

सौभाग्य से डायरेक्टर ने तुरन्त फ़ोन उठाया। उनसे कुछ देर अनौपचारिक बातें वह करता रहा। वह डायरेक्टर को यह नहीं दिखाना चाहता था कि वह उद्विग्न है या उसे हड़ताल की चिन्ता सता रही है। क़रीब पाँच–सात मिनट की ऐसी चर्चा के बाद उसने कहा–"आपको यह जानकारी तो होगी ही कि बिजली मज़दूर संघ ने हड़ताल की घोषणा की है, आप वैसे अनुभव सम्पन्न हैं, फिर भी अपने मातहतों को हिदायत दें कि यूनियन की तमाम गतिविधियों पर नज़र रखें और समय–समय पर मुझे रिपोर्ट करें, फिर सब हमें और आपको मिलकर सँहालना है।"

"जी सर, मैं समझ रहा हूँ, मैं आज ही एक मीटिंग कर सबको हिदायत देता हूँ कि ज़रूरी क़दम उठाये जायें। वैसे सर पिछले पाँच–छह साल से यह यूनियन यही करती आ रही है और अन्त में हड़ताल वापिस ले लेती है। आप चिन्ता न करें इस बार भी वैसा ही होगा।" डायरेक्टर ने राहत पहुँचाते हुए यह बात कही। दोनों ओर से फ़ोन पर ओके–ओके हुआ और बातचीत समाप्त हो गयी।

स्वर्णकार ने यह करके कुछ हद तक अच्छा महसूस किया। पीछे से गड़न कुछ कम हुई, पर पूरी तरह नहीं। इसलिए वह काफ़ी देर तक सोचता रहा कि अगला क़दम कौन सा उठाया जाये ताकि इस बेचैन करने वाली गड़न से निजात मिले। काफ़ी देर सोचने और बेचैन रहने के बाद उसने दर्शन सिंह को फ़ोन लगाया।

दो–तीन बार की घण्टी के बाद दर्शन सिंह ने फ़ोन उठाया। वह प्रान्तीय बिजली कर्मचारी यूनियन का प्रान्तीय सचिव था। यह यूनियन मान्यता प्राप्त यूनियन थी और उसे मैनेजमेंट की चमचा यूनियन कहा जाता था। कहा ही नहीं जाता था बल्कि वह यूनियन समय–समय पर इसे प्रमाणित करती रहती थी। दर्शन सिंह ने फ़ोन ऑन करते ही कहा– "प्रणाम करता हूँ सेक्रेटरी साहब।"

''हाँ नमस्कार दर्शन सिंह जी, क्या हाल–चाल हैं?'' स्वर्णकार ने पूछा।

''सब आपकी कृपा है सर।'' दर्शन सिंह ने जवाब दिया फिर आगे पूछा– ''कैसे याद किया सर?''

यह सुनकर स्वर्णकार ने कहा– ''क्या दस मिनट के लिए मेरे पास आ सकते हैं?''

''क्यों नहीं सर, मैं अभी मुख्यालय में ही हूँ, पाँच मिनट में आपके पास पहुँचता हूँ।'' इतना कहकर दर्शन सिंह ने फ़ोन काट दिया।

पाँच मिनट बाद वह स्वर्णकार के चैम्बर में उसके सामने बैठा था। उसने स्वर्णकार से पूछा– ''बोलिए सर, कैसे याद किया?''

स्वर्णकार ने कुछ विचार करते हुए कहा– ''देखिये दर्शन सिंह जी 15 अक्टूबर से बिजली मज़दूर संघ ने हड़ताल की घोषणा की है। यदि यह हड़ताल होती है तो उसमें आपकी यूनियन की क्या भूमिका होगी?''

''सर, सवाल ही नहीं उठता, हम लोग तो हड़ताल के विरोध में हैं। हम हड़ताल के विरोध में हर सम्भव कोशिश करेंगे। पिछले दिनों मेरी मुख्यमन्त्री महोदय से भी बात हुई है, उन्हें भी मैंने इस हड़ताल के विरोध का आश्वासन दिया है, आप निश्चिन्त रहें यह हड़ताल सफल नहीं होगी। हमने अभी से हड़ताल के विरोध में प्रचार शुरू कर दिया है।'' दर्शन सिंह ने विस्तार से बताया।

''हमें आपसे यही उम्मीद थी दर्शन सिंह जी। कोशिश करें पूरी तरह कि काम बन्द होने न पाये, इतना अगर हमने कर लिया तो हम सफल रहेंगे।'' स्वर्णकार ने किंचित राहत महसूस करते हुए कहा।

''जी निश्चिन्त रहें सर।'' दर्शन सिंह ने आख़िर में कहा। तब तक चपरासी कॉफ़ी ले आया था। लगभग दो–तीन मिनट तक शान्ति रही फिर याचक स्वर में दर्शन सिंह ने कहा– ''सर पिछली भेंट में मैंने आपसे दो ट्रांसफर का निवेदन किया था।''

''हाँ, करता हूँ, एकाध हफ्ते में आपका काम हो जायेगा, मेरी डायरी में मैंने नोट कर लिया था पिछली बार।'' स्वर्णकार ने कहा।

पाँच मिनट तक उन दोनों के बीच यहाँ–वहाँ की बातें होती रहीं फिर दर्शन सिंह ने उठते हुए कहा– "अब चलता हूँ सर, कोई ज़रूरी बात हो तो याद करियेगा।"

दर्शन सिंह के जाने के बाद अपने चैम्बर में स्वर्णकार फिर अकेला था।

उसने महसूस किया कि गड़न लगभग समाप्त हो गयी है और एयर कंडीशनर की हवा ज़्यादा शीतल होकर फैल रही है।

तभी उसने घड़ी की ओर देखा तो वहाँ दीवार पर उसे छोटी–छोटी स्क्रीन्स दिखीं जिनमें हर स्क्रीन्स पर उसका मुस्कुराता हुआ चेहरा दिख रहा था। वह बेहद प्रसन्न हो गया फिर उसने कुछ पड़ी हुई फ़ाइलों पर अपने हस्ताक्षर किये फिर वह उठ गया। ऑफ़िस छोड़ने का वक़्त हो चुका था। स्क्रीन्स वैसे ही झिलमिला रही थीं। वह बाहर निकल कर अपनी कार तक आया। ड्राइवर तैयार खड़ा था। उसके बैठते ही उसने कार स्टार्ट की और चल पड़ा। जब वह मुख्यालय के मेन गेट तक पहुँचा तो देखा, बिजली मज़दूर संघ के लोग वहाँ पोस्टर बैनर लेकर खड़े थे और नारे लगा रहे थे। उसकी कार को देखते ही किसी ने नारा लगाया "कम्पनी सेक्रेटरी मुर्दाबाद, मुर्दाबाद, मुर्दाबाद", एक–दो नारे स्वर्णकार को भी सुनाई पड़े और उसकी कार वहाँ से आगे निकल गयी। वह विंडस्क्रीन, रियर व्यूह मिरर में ख़ुद को देखकर प्रसन्न हो रहा था।

❒

बी.एस. उइके बहुत परेशान था। परेशानी उसकी कोई व्यक्तिगत नहीं थी, न उसका कोई नुक़सान होने वाला था। परेशानी उसकी यह थी कि कम्पनी के बिजली मज़दूर संघ के कर्मचारियों की हड़ताल की घोषणा हुए काफ़ी दिन निकल गये थे और उसके पास कोई महत्त्वपूर्ण ख़बर नहीं थी। ख़बरें उसे सिर्फ़ अख़बारों से अथवा बिजली मज़दूर संघ के पोस्टर–पैम्फलेट से मिल रही थीं जो सार्वजनिक थीं और सब जानते थे।

उसके बोर्ड मैम्बर होने के बावजूद उसके पास किसी महत्त्वपूर्ण ख़बर का न होना यह बतला रहा था कि बिजली मज़दूर संघ ने उसकी उपेक्षा की है। बिजली मज़दूर संघ का यदि निशाना स्वर्णकार था तो उसका भी निशाना स्वर्णकार ही है और इस बात को बिजली मज़दूर संघ अच्छी तरह जानता है। सीतारमण से पिछली मुलाक़ात में उइके ने यह जता दिया था कि उसका निशाना भी स्वर्णकार है। इस नाते सीतारमण को अपनी कूटनीतिक चालों के बारे में बताना चाहिए, जो उसने अभी तक नहीं बताया है। बिजली मज़दूर संघ का यदि कोई सपना है तो उसका भी व्यक्तिगत सपना है कि वह चेयरमैन बने। स्वाभाविक रूप से उसके रास्ते में कोई बाधा है तो वह स्वर्णकार है। पर उइके भी चेयरमैन के पद पर डिजर्व करता है इस बात को कौन नहीं जानता। दूसरी ओर वह स्वयं अच्छी तरह जानता है कि यदि स्वर्णकार चेयरमैन बन गया तो अपने रिटायरमेंट तक वह चेयरमैन बना रहेगा और तब तक उइके की भी नौकरी समाप्त हो जायेगी, उससे भी बुरा ये हो सकता है कि तब तक स्वर्णकार इतना शक्तिशाली हो जाये कि उसे बरस दो बरस का एक्सटेंशन मिल जाये। उइके के लिए यह रिटायर्ड हो जाने के बाद भी बेचैन रखने वाली बात होगी। वह यह बर्दाश्त नहीं कर पायेगा। ये सब सोचते रहने पर उसकी बेचैनी लगातार बढ़ती जा रही थी। वह छटपटाहट में अपने चैम्बर में यहाँ–से–वहाँ और वहाँ–से–यहाँ टहलने लगा था। वह हल ढूँढ़ रहा था पर उसे मिल नहीं रहा था। जब उससे रहा नहीं गया तो वह दूसरी तरह से सोचने लगा कि ग़रज़ उसकी स्वयं की भी है इसलिए उसे ख़ुद आगे बढ़कर सीतारमण से बात कर लेनी चाहिए।

चैम्बर में टहलते हुए ही उसने अपने मोबाइल से सीतारमण को फ़ोन लगाया। दूसरी ओर से फ़ौरन आवाज़ आयी– "उइके साहब नमस्कार! बताइये कैसे याद किया?"

"अरे भाई, सीतारमण जी आपने तो मुझे याद करना ही बन्द कर दिया...क्या आजकल बिल्कुल समय नहीं मिलता कि कभी इधर का भी रूख करो। पता नहीं कितने दिन हुए, आपसे मुलाक़ात नहीं

हुई...क्या हड़ताल की तैयारी में इतने व्यस्त हैं कि सबको भूल गये हैं?'' उइके ने लगभग उलाहना देने के अन्दाज़ में कहा।

उइके को इस तरह सुनकर सीतारमण के हँसने की आवाज़ आयी फिर उसने कहा–''अरे साहब, आपको कैसे भूल सकता हूँ, हाँ यह ज़रूर है कि हड़ताल की तैयारी में जरा ज़्यादा ही व्यस्तता है इसलिए समय नहीं मिल पा रहा है, मुझे क्षमा करेंगे।''

क्षमा करेंगे सुनकर उइके को अच्छा लगा और उसने ख़ुश होते हुए कहा– ''अभी मुख्यालय में हो तो आ जाइये, एक–एक कप कॉफ़ी पीते हैं।''

सीतारमण थोड़ी देर के लिए हिचका फिर कुछ सोचकर कहा– ''अच्छा साहब आता हूँ दस मिनट के अन्दर।''

दस मिनट बाद सीतारमण उइके के सामने बैठा कॉफ़ी पी रहा था।

कॉफ़ी की चुस्कियों के बाद उइके ने पूछा– ''और आपकी हड़ताल को लेकर कम्पनी का क्या रूख है, कुछ पता चला आपको?''

''नहीं साहब अभी तक तो वहाँ सब शान्ति है, मैनेजमेंट का रवैया समझ नहीं आ रहा है कि उनका अगला क़दम क्या होगा।'' सीतारमण ने जवाब दिया।

''अरे ऐसा कैसे हो सकता है कि आपको कुछ भी पता नहीं?''... फिर एक हँसी के साथ कहा– ''आपके तो काफ़ी गुप्तचर हैं कम्पनी में, फिर आपको कैसे कुछ पता नहीं?''

''इस बार सच में साहब कुछ पता नहीं चल रहा है कि मैनेजमेंट क्या स्टेप लेगा। या तो अभी उसने कुछ सोचा नहीं है या इरादा बेहद गोपनीय है। आप शायद जानते भी होंगे कि मैनेजमेंट का क्या रवैया है, आप तो मैनेजमेंट के ही व्यक्ति हैं आपको ज़्यादा बेहतर मालूम होगा।'' सीतारमण ने उइके की आँखों में झाँकते हुए कहा।

उइके ने सीतारमण की नज़रों को समझ लिया पर यह वास्तविकता थी कि उसे भी कुछ नहीं मालूम था। इसलिए उसने बेहद विनम्रता से सीतारमण से कहा– ''आप मानें चाहें न मानें पर इस

बार मुझे भी कुछ नहीं मालूम है। शायद स्वर्णकार जी पूरी गोपनीयता बरत रहे हैं। क्योंकि अब हड़ताल की तारीख़ को सिर्फ़ पच्चीस दिन ही बाकी हैं। कायदे से अभी तक तो कोई न कोई निर्णय हो जाना चाहिए। वैसे अभी चेयरमैन साहब भी बाहर हैं, शायद उनके आने के बाद कोई मीटिंग हो और निर्णय सामने आये।''

''उइके साहब, आपसे निवेदन है कि मीटिंग के बाद मेरे काम की टिप्स आप मुझे ज़रूर दे देंगे।'' सीतारमण ने हाथ जोड़ते हुए कहा।

सीतारमण के इस निवेदन पर उइके ने तुरन्त कहा– ''कैसी बात करते हैं सीतारमण जी, ऐसा कैसे हो सकता है कि मैं आपको न बताऊँ, मेरा लक्ष्य भी वही है जो आपका है। वैसे आपकी हड़ताल काम बन्द तक जायेगी या बीच में किसी समझौते की सम्भावना है?''

''ना! ना!! साहब इस बार मैं समझौता करने वाला बिल्कुल नहीं हूँ। समझौता तभी हो सकता है जब स्वर्णकार की हिटलरशाही बन्द हो, सारे ग़लत आदेश वापिस लिए जायें और बिजली मज़दूरों को राहत मिले। फ्लाइंग स्क्वॉड गिद्ध जैसी लपकती है और लहूलुहान करती है, यह कम्पनी के इतिहास में कभी नहीं हुआ। इसलिए मैं या मेरे मज़दूर मित्र इस बार बिल्कुल मानने वाले नहीं हैं।''

''यह तो बहुत अच्छी बात है कि आप कोई समझौता नहीं करेंगे, पर मैनेजमेंट तो तोड़–फोड़ की कोशिश करेगा, तब आप क्या करेंगे, कुछ सोच रखा है कि नहीं?'' उइके ने प्रसन्न होते हुए पर एक शंका सहित पूछा।

उइके के इस प्रश्न का उत्तर देने में सीतारमण ने किंचित समय लिया और कहा– ''तोड़–फोड़ की कोशिश कहाँ से होगी?... वही सरकार की पिट्ठू प्रान्तीय बिजली कर्मचारी यूनियन, तो मैं आपको बता दूँ कि वहाँ के डेढ़ सौ लोग हमारे साथ आ गये हैं और जल्दी ही और आने वाले हैं। वे लोग हैं कितने।... मुश्किल से पाँच सौ लोग और वह भी प्रान्त स्तर पर, हमारी सदस्य संख्या ही आठ हज़ार है और जो लोग निष्पक्ष होने का दावा करते हैं वे भी हमारे साथ हैं।''

"बेहतरीन सीतारमण जी, इस बार हड़ताल टलनी नहीं चाहिए, मैं अभी से आपको शुभकामनाएँ देता हूँ।... मेरे योग्य कोई काम हो तो अवश्य बताना। वैसे बोर्ड मीटिंग होती है तो मैं आपको टिप्स ज़रूर दूँगा।" उइके ने अन्त में कहा। वह सीतारमण का जज्बा देखकर ख़ुश हो रहा था। वह अपनी तरह से सीतारमण को भड़काना चाह रहा था पर दो बातें सोच कर वह आगे नहीं बोला। पहली तो यही कि सीतारमण ख़ुद ही बहुत भड़का हुआ था, दूसरे भविष्य में यदि वह बदल जाये तो मेरे साथ हुई बातचीत को कहीं भी उगल सकता है। इसलिए बड़ी रिस्क लेने की ज़रूरत नहीं है। और सारी गतिविधियाँ देखकर तो यही लगता है कि इस बार हड़ताल होकर रहेगी।

सीतारमण बहुत व्यस्त था इसलिए कॉफ़ी ख़त्म होते ही वह उठा और हाथ जोड़ते हुए उइके से कहा– "आपकी शुभकामनाओं के लिए बहुत–बहुत धन्यवाद साहब, फिर जल्दी ही मिलता हूँ आपसे।" इतना कहकर वह उइके के चैम्बर से बाहर निकल गया।

❐

चेयरमैन अपने दौरे से दिल्ली से वापिस उसी दिन सुबह लौटे थे। स्वर्णकार समझ नहीं पा रहा था कि हड़ताल को लेकर उनसे कैसे बात करे या मीटिंग बुलाने का प्रस्ताव कैसे रखे। प्रस्ताव आज ही रखना चाहिए या एक–दो दिन बाद बात करे, यह भी उसकी समझ में नहीं आ रहा था। वे दौरे से चार–पाँच दिन बाद लौटे हैं ज़ाहिर है थके होंगे। उसकी पीछे की गड़न फिर शुरू हो गयी थी। इसलिए वह तात्कालिक रूप से छटपटाया हुआ था इसीलिए आख़िर में उसने सोचा कि बात तो आज ही की जा सकती है भले ही मीटिंग एक दो दिन बाद कल या परसों रखी जा सकती है। इतना सोचकर उसने देर करना मुनासिब नहीं समझा और तत्काल मोबाइल पर चेयरमैन को फ़ोन लगाया। दो–तीन बार की घण्टी के बाद चेयरमैन ने फ़ोन उठाया और ख़ुद ही कहा–"कहिए स्वर्णकार जी, नमस्कार।"

''नमस्कार सर, नमस्कार, आपको तकलीफ़ दे रहा हूँ क्षमा करेंगे।'' स्वर्णकार ने कहा।

''नहीं! नहीं!! तकलीफ़ क्यों देंगे, बोलिए क्या बात है?'' चेयरमैन बोले।

बिना किसी भूमिका के स्वर्णकार ने कहना शुरू किया– ''सर आपको तो पता ही है कि बिजली मज़दूर संघ ने 15 अक्टूबर को स्ट्राइक कॉल की है। सर मुझे डायरेक्टर ऑफ़ विजिलेंस एंड सिक्यूरिटी ने बताया है कि हड़ताल को रोकना कठिन होगा, उनकी तैयारी बहुत मज़बूत है इसलिए एहतियात में हमें क्या करना है, यह तय कर लिया जाये। मैं चाहता हूँ कि आप मीटिंग काल करें सर और डिस्कसन के बाद कुछ अपनी भूमिका के बारे में तय किया जाये।''

''आप ठीक कह रहे हैं, हड़ताल को अब पच्चीस ही दिन बचे हैं, कल या परसों मीटिंग काल कर लेते हैं। आप एजेण्डा बना लें फिर बताये। फाइनली परसों ही मीटिंग कर लेते हैं।'' इतना कहते हुए चेयरमैन ने अपनी बात समाप्त की।

''जी सर तो यह तय रहा कि अपनी मीटिंग परसों हो रही है।'' अन्त में स्वर्णकार ने कहा और फ़ोन डिस्कनेक्ट कर दिया। उसकी गड़न कुछ कमज़ोर पड़ी पर पूरी तरह समाप्त नहीं हुई। उसकी समाप्ति के बग़ैर वह छटपटाया हुआ ही रहता था और बिना कोई आगे क़दम उठाये शान्त नहीं हो पाता था।

उसे कुछ ख़याल आया और उसने अपनी रिस्ट वॉच देखी। अभी सुबह के साढ़े नौ ही बजे थे। वह मुख्यमन्त्री से बात करना चाहता था कि हड़ताल के मद्‌देनज़र वे क्या एक्शन लेने वाले हैं? उसे मालूम था कि मुख्यमन्त्री के सहयोग के बग़ैर हड़ताल से निबटना मुश्किल होगा। पर उसने सोचा इतने सुबह बात करना ठीक न होगा। यह सोचकर इरादा निरस्त किया फिर निर्णय लिया कि ऑफ़िस पहुँचकर बात करूँगा। स्वर्णकार से अन्तरंग सम्बन्ध रखना मुख्यमन्त्री का अपना स्वार्थ था इसलिए उसने स्वर्णकार को अपना पर्सनल मोबाइल नंबर दे दिया था और स्वर्णकार उस पर कभी भी बात कर लेता था।

अब उसे ऑफ़िस पहुँचने की जल्दी थी। वह शीघ्र नहा–धोकर तैयार हुआ और नाश्ता करके पन्द्रह मिनट पहले ही ऑफ़िस के लिए निकल पड़ा। ऑफ़िस के लिए जाते हुए रास्ते में उसने चेयरमैन के ब्लॉक और उसके ऑफ़िस को गहरी हसरत से देखा। मुख्यालय के अन्दर जो सड़कें बनी थीं वे अभी सुनसान थीं क्योंकि ऑफ़िस शुरू होने के लिए पन्द्रह मिनट का समय था। उसने सभी ब्लॉकों के सामने केवल सिक्यूरिटी गार्ड्स को तैनात देखा और यह भी देखा कि उसकी कार को निकलते देख सभी ने सैल्यूट भी किया। ये दृश्य उसे हमेशा प्रसन्न कर देते थे। उसके अपने ब्लॉक के पास पहुँचते ही एक सिक्यूरिटी गार्ड ने उसकी कार का दरवाज़ा उसके लिए सैल्यूट करते हुए खोला और उसका ब्रीफकेस लेकर पीछे–पीछे चल पड़ा। अब फिर उसे ब्लॉक के बड़े–बड़े शीशों में स्क्रीन्स नज़र आने लगीं और उसमें वही उसका मुस्कुराता हुआ चेहरा दिखने लगा। उसे लगा अभी यह ठीक नहीं है इसलिए उसने चलते–चलते अपने सर को झटक दिया। झटकते ही स्क्रीन्स गायब हो गयीं। वह अपने चैम्बर के भीतर गया तो देखा चपरासी रोज़ की तरह उसके चैम्बर की सफ़ाई कर रहा था। उसने चपरासी से एक गिलास पानी लाने को कहा फिर सामने रखी फ़ाइलों को पलटने लगा। कुछ फ़ाइलों को उसने दस मिनट में निबटाया फिर उसे सामने दीवार पर लगी घड़ी की ओर देखा। साढ़े दस बज चुके थे। पानी देकर चले गये चपरासी को उसने घण्टी बजाकर बुलाया फिर उससे कहा– "अभी पन्द्रह मिनट तक किसी को अन्दर मत आने देना, पी.ए. को भी नहीं, समझे।"

"जी सर।" चपरासी यह कहकर बाहर निकल गया।

एकाध फ़ाइल उसने और निबटायी और कुछ सोचता रहा। थोड़ी देर बाद उसने प्रदेश के मुखिया मुख्यमन्त्री चितरंजन सिंह को फ़ोन लगाया। बहुत देर तक घण्टी बजती रही फिर दूसरी ओर से आवाज़ आयी– "हैलो मुख्यमन्त्री का पी.ए. बोल रहा हूँ।"

"हैलो मैं बिजली कम्पनी का सेक्रेटरी स्वर्णकार बोल रहा हूँ, मुख्यमन्त्री महोदय से बात करनी है, क्या अभी बात हो सकती है?" उसने पूछा।

''जी एक मिनट होल्ड करिये, मैं साहब से पूछ कर बताता हूँ।'' दूसरी ओर से फिर आवाज़ आयी।

लगभग एक–दो मिनट बाद दूसरी ओर से ख़ुद चितरंजन सिंह बोले– ''कहिए स्वर्णकार जी क्या हालचाल हैं?''

''जी सर, सब ठीक है, आप कैसे हैं सर?'' स्वर्णकार ने पूछा। वह कुछ–कुछ हड़बड़ा गया था।

''मैं भी ठीक हूँ, आप बताइये, कैसे याद किया?'' चितरंजन सिंह ने पूछा।

कुछ हड़बड़ाहट को सँहालते हुए स्वर्णकार ने सीधे कहा– ''सर आपको भी पता ही होगा कि बिजली मज़दूर संघ ने 15 अक्टूबर से काम बन्द हड़ताल की घोषणा की है। सर हम लोग तो देख ही रहे हैं पर इस सिलसिले में आपकी मदद की भी ज़रूरत पड़ेगी, क्योंकि गोपनीय रूप से यह पता चला है कि इस बार वे लोग पीछे नहीं हटेंगे और हड़ताल होकर रहेगी। इसलिए मैं चाहता हूँ कि आप कुछ मदद करें ताकि हम लोगों को सफलता मिल जाये।''

बीस–पच्चीस सेकेंड्स तक दूसरी ओर से कोई आवाज़ नहीं आयी और उसके बाद चितरंजन सिंह बोले– ''घबराइये नहीं स्वर्णकार जी मैंने जब कहा है तो मैं आपका साथ ज़रूर दूँगा, आप निश्चिन्त रहें।''

पर स्वर्णकार के भीतर गहरी बेसब्री थी वह बहुत हड़बड़ाया हुआ था इसलिए याचक की तरह पूछा– ''नहीं सर, आप अपने एक्शन के बारे में कृपा स्वरूप कुछ हिन्ट्स देते तो मुझे भी आगे बढ़ने में सहूलियत होती सर।''

''अब आप इतने बेसब्र हैं तो मैं बता देता हूँ कि हमारे पास 'एस्मा' (Essential Services Maintenance Act) का प्रावधान है, मैं वह लगवा दूँगा, लगभग एक सप्ताह पहले, फिर हड़ताल ग़ैर–क़ानूनी हो जायेगी, फिर कोई कुछ नहीं कर पायेगा। उसे लागू करने की पूरी जवाबदारी पुलिस की होगी। अब निश्चिन्त हो जायें लेकिन इस तरह भी नहीं कि हाथ पर हाथ रखे बैठे रहें। आप अपने स्तर पर पूरा प्रयास करें कि हड़ताल असफल हो जाये...ठीक है, ज़रूरत पड़े तो फिर बात करें।''

"जी सर, बहुत–बहुत धन्यवाद सर, मैं पूरी तरह निश्चिन्त हो गया सर, आपने बहुत बड़ा एहसान किया सर।" स्वर्णकार बहुत प्रसन्न होते हुए बोला।

चितरंजन सिंह ने मुस्कुराते हुए फ़ोन डिस्कनेक्ट कर दिया।

अब स्वर्णकार की ख़ुशी का ठिकाना नहीं था। वह पिछले कई महीनों बाद बहुत ख़ुश था, बेइन्तहाँ ख़ुश।

उसने कान से हटाकर अपना मोबाइल टेबिल पर रखा। नज़रें हटीं तो चारों दीवारों पर स्क्रीन्स उभर आयी थीं, पहले से ज़्यादा बड़ीं। एक सबसे बड़ी स्क्रीन पर उसने देखा, वह अपनी टेबिल सहित मुस्कुराता हुआ दिख रहा है और उसकी टेबिल पर एक लकड़ी की तख्ती लगी है जिस पर लिखा है V.L. SWARNKAR, CHAIRMAN, उसकी इच्छा हुई कि वह नाचने लगे, गाने लगे पर उसने सब्र किया और बड़ी स्क्रीन पर अपने–आपको देखता रहा। उसने उस दिन कोई काम नहीं किया। घर लौटा तो उसकी ख़ुशी कहीं से भी कम नहीं हुई थी। एकाध घण्टे बाद उसकी कुछ इच्छा हुई और उसने पत्नी को आवाज़ दी– "अर्चना।"

अर्चना जब पास आयी तो उसने कहा– "देखो आज पनीर के पकौड़े बनवाओ, मैं ड्रिंक्स लूँगा।"

अर्चना जानती थी कि स्वर्णकार किसी बड़ी ख़ुशी पर ही ड्रिंक्स लेते हैं इसलिए उसने पूछा– "आज कौन–सी ख़ुशी है जिस वजह से आप ले रहे हैं?"

"अभी नहीं बाद में बताऊँगा, अभी तो तुम इन्तजाम करो मेरे पीने का।" उसने कहा।

अर्चना समझ गयी कि स्वर्णकार अभी नहीं बतायेंगे इसलिए सिर्फ़ 'हाँ' कहते हुए वहाँ से दूर हो गयी। उसने उस रोज़ तीन बड़े पैग लिए और सो गया।

दूसरी सुबह नौ बजे चेयरमैन के पी.ए. का फ़ोन आ गया और उसने दूसरे दिन होने वाली मीटिंग की औपचारिक सूचना दी।

मीटिंग दोपहर चार बजे रखी गयी थी। ठीक चार बजे मीटिंग में चेयरमैन के चैम्बर में सब इकट्ठे हो गये। अनौपचारिक रूप से सबने परस्पर हाथ मिलाते हुए नमस्कार करते हुए एक–दूसरे के हालचाल लिए फिर चेयरमैन ने कहा– "हाँ स्वर्णकार जी आज का एजेण्डा बतायें!"

"सर आज का एजेण्डा कुछ नहीं है सिर्फ़ बिजली मज़दूर संघ की प्रस्तावित हड़ताल पर बात करनी है। ख़बर है कि इस बार हड़ताल अवश्यम्भावी है इसलिए एहतियातन क्या क़दम उठाये जायें, इस पर ही बात करनी है।" स्वर्णकार बोला।

चेयरमैन ने एक लम्बी हुँकार भरी फिर कहा– "आप लोगों के पास कोई हल का रास्ता है तो बतायें।

सब लोग चुप रहे तो अन्त में चेयरमैन ने फिर कहा– "कहिए भाई किसी के पास कोई सलाह हो तो फ़ौरन बतायें।"

इसके बाद भी सब चुप रहे तो आख़िर में उइके ने कहा– "आप ही बताये सर, क्या किया जाये।"

चेयरमैन काफ़ी देर तक सोचते रहे फिर कहा– "देखिये सिर्फ़ एक काम करने से मैं समझता हूँ काफ़ी हद तक फायदा हो सकता है और वह है फ्लाइंग स्क्वॉड को वापिस ले लिया जाये, यह बात तय है कि कर्मचारी सबसे ज़्यादा उसी बात से नाराज़ हैं। सब लोग क्या कहते हैं?"

बहुत देर तक कोई कुछ नहीं बोला जबकि चेयरमैन ने बोलने के लिए कई बार आग्रह किया। पर अन्त में स्वर्णकार ने कहा– "नहीं सर फ्लाइंग स्क्वॉड को वापिस नहीं लेना चाहिए, क्योंकि पिछले दस वर्षों में पहली बार उसकी वजह से अनुशासन शीर्ष पर पहुँचा है। यह हमारी सबसे बड़ी सफलता है। इसके वापिस लेने से हमारी पराजय दिखेगी, जबकि इससे किसी भी अनुशासनप्रिय कर्मचारी का कुछ नहीं बिगड़ रहा है। वह उल्टे इससे प्रसन्न ही है क्योंकि अनियमितता करने वालों को सबक मिल रहा है।"

उइके स्वर्णकार की इस बात से अन्दर ही अन्दर प्रसन्न हो रहा था, वह तो चाहता ही था कि हड़ताल हो और स्वर्णकार को मात मिले, इसलिए उसने कहा– "सेक्रेटरी महोदय सही कह रहे हैं सर हमें इसको वापिस नहीं लेना चाहिए। इससे हम शक्तिहीन दिखाई पड़ेंगे और यूनियन भविष्य में इसका नाजायज फायदा उठायेगी। मैं समझता हूँ दूसरे सदस्य भी मेरी बात से सहमत होंगे!" उइके ने प्रश्नवाचक दृष्टि सब पर डाली।

सब जानते थे पर किसी और को स्वर्णकार और उइके की प्रतिस्पर्धा से कुछ लेना–देना नहीं था, इसलिए चेयरमैन को छोड़कर सब एकमत हो गये और 'सहमत सहमत' की आवाज़ें आयीं।

चेयरमैन ने ही पहल की थी इसलिए अन्त में वे ही बोले– "तो आप लोग ही बताइये कि हड़ताल से कैसे निपटना है?"

मुख्यमन्त्री से स्वर्णकार ने कोई बात की है इसे पूरी तरह गोपनीय रखना है यह बात स्वर्णकार अच्छी तरह जानता था। उसे चेयरमैन के दौरे से लौटने के पहले चिन्ता थी कि कोई क़दम उठाया जाये पर वह मुख्यमन्त्री के 'एस्मा' के आश्वासन के बाद प्रसन्न और निश्चिन्त था। अब ये मीटिंग उसके लिए मात्र औपचारिकता थी इसलिए उसने चुप रहना ही मुनासिब समझा। बाकी के दो मैम्बर भी चुप थे। अन्त में उइके बोला– "सर ऐसा है कि हम हर बार जैसा करते रहे हैं वैसा ही करें। कुछ सख़्त सर्कुलर निकालें। कर्मचारियों को "नो वर्क नो पे" की चेतावनियाँ दें, डायरेक्टर ऑफ़ विजिलेंस एंड सिक्यूरिटी से कहें कि वे शान्ति बनाये रखने के लिए क़दम उठायें। हर ऑफ़िस में नोटशीट सर्कुलेट करायें जिस पर यह लिखा हो कि यदि कर्मचारी हड़ताल में शामिल होता है तो उस पर अनुशासनात्मक कार्रवाई की जायेगी। नोटशीट पर कर्मचारी के हस्ताक्षर करवाएँ, मैं समझता हूँ इतना काफ़ी है। और भी कोई प्रावधान हो तो सेक्रेटरी महोदय उस प्रकार एक्शन लें।"

"उइके जी की बातों से सब लोग सहमत हैं?" चेयरमैन ने पूछा।

"जी सहमत हैं" सभी ने कहा।

तब चेयरमैन बोले– "तो सेक्रेटरी महोदय से निवेदन है कि वे ज़रूरी सर्कुलर, जो यहाँ डिस्कस हुए हैं, वह निकलवाएँ। यह काम आज ही होना चाहिए चाहे सब करने में रात हो जाये।" चेयरमैन भी अच्छी तरह वाक़िफ़ थे कि स्वर्णकार–उइके के बीच क्या चल रहा है। वे कम्पनी के सर्वोच्च पद पर पहुँच चुके थे इसलिए उन्हें ज़्यादा कुछ लेना–देना नहीं था कि वे किसी तरह की सख्ती दिखाएँ और अपना एकाधिकार का प्रयोग करें। उनका कार्यकाल शीघ्र समाप्त होने वाला था और कोई आशंका नहीं थी कि कोई उन्हें उनके पद से हटा सकता है। इसलिए और कोई सलाह देना उन्होंने मुनासिब नहीं समझा और तभी कॉफ़ी–बिस्किट लेकर चपरासी चैम्बर में आया और सब लोग अनौपचारिक होकर कॉफ़ी पीने लगे। इस तरह मीटिंग समाप्त हुई।

स्वर्णकार ने अपने चैम्बर में पहुँचकर अपने पी.ए. को बुलाया और हड़ताल से सम्बन्धित फ़ाइल जो वह अपनी अलमारी से पहले निकाल चुका था, उसे दिया और कहा– "इसमें हड़ताल से सम्बन्धित जो सर्कुलर और सम्बन्धितों के पत्र हैं उन्हें देखकर वैसे ही प्रस्तावित हड़ताल के लिए निकलवाएँ तुरन्त और मुझसे हस्ताक्षर करवायें। मैं अभी बैठा हूँ। इस काम के लिए तीन–चार लोगों को लगवाओ। एक घण्टे में ये काम होना चाहिए। सब पर MOST URGENT लिखो। ये सारे पत्र और सर्कुलर आज ही सम्बन्धितों को पूरे प्रान्त में ई–मेल करो...ठीक है?

"जी ठीक है सर।" कहकर पी.ए. बाहर निकल गया।

सब कुछ निबटाकर स्वर्णकार उस रोज़ रात साढ़े नौ बजे घर पहुँचा। उस दिन भी उसे पीने की ज़रूरत पड़ी इसलिए उसने दो लार्ज पैग लिए।

जितना प्रसन्न उस रोज़ स्वर्णकार था। उससे अधिक प्रसन्न उइके था। वह जैसा चाह रहा था वैसा लगातार अपने–आप हो रहा था। उसे लगभग कुछ भी करने की ज़रूरत नहीं पड़ रही थी। वह जब घर पहुँचा तो उसे सीतारमण की याद आयी। उसने सीतारमण को फ़ोन लगाया और कहा– "कुछ देर के लिए घर आ जाओ।"

"जी साहब पन्द्रह मिनट में पहुँचता हूँ।" दूसरी ओर से सीतारमण ने कहा।

उस दिन उइके भी चाहता था कि वह ड्रिंक्स ले इसलिए उसने एक ब्लैक डॉग की बोतल बाहर निकाल ली थी और दूसरी सामग्री के साथ वह सीतामरण का इन्तज़ार करने लगा।

सीतारमण के पहुँचते ही उसने खड़े होकर उसे मुबारकबाद दी और कहा– "आपको शायद मालूम नहीं होगा कि आज बोर्ड मीटिंग थी।"

"जी सर बिल्कुल मालूम नहीं था सर, आप बताइये क्या हुआ?" सीतारमण ने बेहद उतावली में पूछा।

"होना क्या था, वही हुआ जो आप या मैं चाहते थे, यानी कुछ नहीं हुआ। वही पुराने लेटर्स और सर्कुलर निकाले जायेंगे जो पहले हुई हड़तालों पर निकलते थे और कुछ नहीं हुआ इसीलिए तो आपको मुबारकबाद दी।"

"ये तो कमाल हो गया सर, इसकी तो कोई उम्मीद ही नहीं थी।" बेहद ख़ुशी में सीतारमण बोला।

"चलिए इसी बात पर ड्रिंक्स लेते हैं, चलिए पैग बनाइये ख़ुशी मनाते हैं।" उइके ने कहा।

फिर देर रात तक वे लोग पीते रहे।

❐

कुछ दिन पहले सीतारमण जो उइके से सुनकर आया था उससे उसका उत्साह दो गुना हो गया था। अब हड़ताल किसी भी सूरत में टलने वाली नहीं थी। प्रान्त भर से उसे इसी तरह की ख़बरें मिल रही थीं कि कार्यकर्ताओं में जबर्दस्त उत्साह बना हुआ है और रोज़ शाम के प्रदर्शनों में कर्मचारियों की संख्या दिन ब दिन बढ़ती जा रही है। कहीं से कोई विद्रोह अथवा अलगाव की कोई ख़बर नहीं थी। विरोधी प्रान्तीय बिजली कर्मचारी यूनियन, अपना प्रदर्शन सुबह ऑफ़िस टाइम

के पहले रख रही थी एक तो इसलिए और दूसरा इसलिए कि वह सत्ता की चमचा यूनियन थी इसलिए उसके प्रदर्शन में केवल कुछ कार्यकर्ता ही जुटते थे, आम कर्मचारियों का इससे मतलब नहीं रहता था। वे प्रदर्शन के समय मुँह घुमा के ऑफ़िसों की ओर निकल जाते थे। कोई यह सुनने को तैयार नहीं था कि हड़ताल न करें।

दर्शन सिंह लगा हुआ था और जैसा वह चाहता था कि बिजली मज़दूर संघ की कार्रवाइयों से वाक़िफ़ हो और वहाँ के लोगों को अपनी तरफ़ मिला सके, वैसा हो तो नहीं पा रहा था। वह सत्तासीन पार्टी नेताओं से लगातार सम्पर्क में था और सभी उसे निर्देश दे रहे थे कि कैसे भी हड़ताल सफल नहीं होनी चाहिए। पर वह पूरे ज़ोर लगाने पर भी सफल नहीं हो पा रहा था। इस बात से आश्वस्त ज़रूर था कि वह अपना कर्तव्य निर्वाह ठीक ढंग से कर रहा है पर परिणाम, जैसा वह चाहता था, मिल नहीं पा रहा था।

अब हड़ताल को प्रारम्भ होने में केवल एक सप्ताह का समय शेष था। इसलिए सब ओर गतिविधियाँ तेज़ हो गयी थीं। प्रान्त भर में अधिकारीगण ऊपर से मिले सारे आदेशों और निर्देशों का पालन करने में लगे थे। हर ऑफ़िस में नोटशीट घूम रही थी और हर कर्मचारी व्यंग्यात्मक हँसी के साथ हस्ताक्षर कर रहा था। उसके लिए इस फरमान का कोई अर्थ नहीं था, उसे तो हड़ताल में शामिल होना था। उसे नोटशीट में लिखी अनुशासनात्मक कार्रवाई की धमकी से बिल्कुल डर नहीं लग रहा था। जब सौ प्रतिशत तक कर्मचारी हड़ताल में शामिल होने के लिए तैयार था तो काहे की अनुशासनात्मक कार्रवाई। चारों ओर निडरता की ख़बरें आ रही थीं। यह नोटशीट ही कर्मचारी को समर्पण कराने का सबसे बड़ा शस्त्र था, जिसे कर्मचारी व्यंग्यात्मक हँसी में ले रहा था और ख़ुशी–ख़ुशी उसमें दस्तख़त कर रहा था।

ये सारी की सारी ख़बरें यदि सीतारमण के पास पहुँच रही थीं तो दूसरी ओर स्वर्णकार और उइके के पास भी पहुँच रही थीं। पर उइके और स्वर्णकार के लिए परस्पर विरोधी अर्थ रखती थीं।

उड़के इन्हें जानकर और सुनकर प्रसन्न हो रहा था तो दूसरी ओर स्वर्णकार इन्हें सुनकर उद्विग्न हो रहा था। मुख्यमन्त्री के 'एस्मा' के आश्वासन के बावजूद वह पता नहीं क्यों ख़ुश नहीं हो पा रहा था। बोर्ड मीटिंग के बाद जो कार्रवाइयाँ तय हुई थीं वे सबकी सब की जा रही थीं। उनमें कोई रुकावट नहीं थी। सभी लेटर्स और सर्कुलर्स को लागू करने की सफल ख़बरें मिल रही थीं। पर फिर भी धुकपुकी लगी हुई थी और पीछे की गड़न तेज़ हो रही थी, जिससे निजात के लिए वह कुछ करना चाह रहा था पर राह नहीं निकल रही थी। घण्टों सोचने के बाद भी नहीं। सर तड़क रहा था और बेचैनी बनी हुई थी।

उसी दिन लंच टाइम के समय सीतारमण अपने यूनियन कार्यालय में बैठकर बहुत सारे कामों में व्यस्त था। उसने पैम्फलेट और पोस्टर फिर से छपवाए थे। इन पैम्फलेट और पोस्टरों को पूरे प्रदेश में बटवाना था जिसके लिए प्रदेश भर के कार्यकर्ता और पदाधिकारी अभी कुछ ही देर में यूनियन कार्यालय में ही एकत्रित होने वाले थे।

आज की शाम प्रदर्शन के समय उसे विशेष भाषण देना था ताकि कर्मचारियों और कार्यकर्ताओं का उत्साह चौगुना हो जाये। मन ही मन वह उसकी तैयारी भी कर रहा था। वह मुख्यालय में था और प्रान्तीय नेता था इसलिए उसके दायित्व बड़े थे जिन्हें वह सफलता से निबाहते आ रहा था। उसके जीवन में इस हड़ताल का बहुत महत्त्व था। इसकी सफलता के बाद वह सिर्फ़ ट्रेड यूनियन नेता नहीं रह जायेगा, उसका दायित्व और ऊँचाई पर जाने वाला था। उसने ख़ुद नहीं पर प्रदेश भर के नेताओं और कार्यकर्ताओं ने उसके जयगान करते हुए पोस्टर्स भी छपवाये थे जो न केवल ऑफ़िस की दीवारों पर चिपके थे बल्कि हर शहर और क़स्बे की प्रमुख जगहों पर चिपकाए गये थे। उसके एक बड़े नेता हो जाने की छवि चारों ओर बन रही थी। अब तक प्रदेश के बड़े अख़बारों ने न केवल उसके फ़ोटो सहित इंटरव्यूह प्रकाशित किये थे बल्कि समय–समय पर छपने वाले हड़ताल के समाचारों के साथ भी उसकी फ़ोटो बाकायदा छप रही थी। वह प्रदर्शित नहीं करता था पर स्वयं को लेकर बहुत ख़ुश था।

उसकी यूनियन की सम्बद्धता जिस राजनीतिक पार्टी से थी उसके नेताओं ने उसे आश्वस्त किया हुआ था कि आने वाले समय में पार्टी लीडर बनना है। उसका क़द लगातार बढ़ रहा है। इन सारी गतिविधियों से उसे मालूम हो रहा था कि उसे अब बिजली कम्पनी तक सीमित नहीं रहना है। उसे अब बड़ा नीला आसमान दिखने लगा था। जहाँ से एक बड़े उद्देश्यपूर्ण जीवन की शुरुआत होने वाली थी। उसे कहा गया था कि आने वाले विधानसभा चुनाव में उसे पार्टी का प्रत्याशी बनाया जायेगा, साथ ही संगठन में महत्त्वपूर्ण पद पर बैठाया जायेगा। इन सब कारणों से उसकी ऊर्जा बढ़ी हुई थी। इस ऊर्जा में उसे रात और दिन का फ़र्क़ समझ नहीं आ रहा था और वह काम में लगा हुआ था।

ऑफ़िसों का लंच टाइम शुरू होते वक़्त प्रदेश भर के कार्यकर्ता यूनियन ऑफ़िस में एकत्रित होने लगे। तीन–चार मिनट बाद दो कार्यकर्ता लगभग दौड़ते हुए आये और हड़बड़ी में सीतारमण को बताया– ''भाई साहब सरकार ने अपनी हड़ताल को लेकर 'एस्मा' लगाने की घोषणा कर दी है।''

''आपको कहाँ से पता चला?'' सीतारमण ने भी हड़बड़ाते हुए तुरन्त पूछा।

''मैं अभी–अभी पान के ठेले पर था वहाँ टेलीविजन में समाचार सुना।'' कार्यकर्ता ने फ़ौरन जवाब दिया।

सीतारमण के चेहरे पर प्रसन्नता की एक गहरी लकीर खिंच गयी और उसने इकट्ठा हुए तमाम कार्यकर्ताओं से अचानक पूछा– ''इसका मतलब समझ रहे हैं आप लोग?''

समवेत स्वर उठा– ''नहीं !!''

अपनी मुस्कान को और गहरी करते हुए सीतारमण ने कहा– ''एस्मा यानी (Essential Services Maintenance Act) इसका मतलब है हम हड़ताल से पहले ही सफल हो गये। 'एस्मा' तभी लगाया जाता है जब सरकार को यह पता चल गया हो कि हड़ताल सौ प्रतिशत सफल होने वाली है इसलिए इसे ग़ैर–क़ानूनी एस्मा के द्वारा बनाया जाये। सभी मित्रों को मैं अभी से बधाई देता हूँ।

यह भी ताकीद करता हूँ कि इससे डरने की बिल्कुल ज़रूरत नहीं है क्योंकि सरकार हमसे डरी हुई है। इसीलिए तो उसने 'एस्मा' लगा दिया है। यह बात अपने साथियों को बताइये।''

यह सुनकर वहाँ सभी के चेहरों पर प्रसन्नता व्याप्त हो गयी और सभी एक–दूसरे को बधाई देने लगे। शोरगुल होने लगा। कार्यकर्ताओं ने वहीं से अपने शहरों और क़स्बों में फ़ोन करना शुरू कर दिया जिससे पता चला कि 'एस्मा' की पूरी ख़बर हर शहर और क़स्बे में पहुँच चुकी है और सब तरफ़ ख़ौफ़ नहीं ख़ुशी का माहौल है। प्रान्त के छोटे–बड़े नेता अपने कर्मचारी साथियों और कार्यकर्ताओं को यही समझा रहे थे कि ये 'एस्मा' हमारी जीत की पहचान है।

पोस्टर्स, पैम्फलेट और दीगर चीज़ बाँटने और हड़ताल के दिन तक के लिए अन्य निर्देशों को देते–देते शाम के साढ़े पाँच बजने को आये। वहाँ एकत्रित सभी लोगों से तब सीतारमण ने कहा– ''जिन लोगों की लौटने की ट्रेन नहीं है वह हमारे साथ चलें ताकि वे शाम के रोज़ के प्रदर्शन और वहीं गेट मीटिंग में शामिल हो सकें, बाकी जिनकी लौटने की ट्रेन अभी–अभी है तो वे ट्रेन पकड़ने निकलें।''

सीतारमण के इतना कहते ही कुछ लोग उसके साथ हो लिए और कुछ अपने शहरों–क़स्बों के लिए ट्रेन या बस पकड़ने निकल पड़े।

सीतारमण और कुछ साथी जब मुख्यालय के गेट के पास पहुँचे तो वहाँ बेतहाशा भीड़ थी। स्पीकर बॉक्स वगैरह लगे हुए थे। एक कोई पदाधिकारी माईक से नारे लगवा रहा था।

''इंकलाब ज़िन्दाबाद''

''ज़िन्दाबाद ज़िन्दाबाद''

''हमारी माँगें पूरी करो, पूरी करो''

''जो हमसे टकरायेगा
चूर–चूर हो जायेगा।''

''मैनेजमेंट होश में आओ
होश में आके बात करो।''

''मैनेजमेंट मुर्दाबाद

मुर्दाबाद मुर्दाबाद''
''कम्पनी सेक्रेटरी मुर्दाबाद''
''मुर्दाबाद मुर्दाबाद''
''जो हिटलर की चाल चलेगा''
''वो हिटलर की मौत मरेगा''
''कम्पनी प्रशासन''
''मुर्दाबाद मुर्दाबाद''

यह सुनते हुए सीतारमण भीड़ में शामिल हो गया और ख़ुद भी नारे लगाने लगा।

नारों में बहुत जोश परिलक्षित हो रहा था। मुख्यालय की विशाल इमारत से नारे टकरा रहे थे और लगता था जैसे इमारत की दीवारें थरथरा रही हैं। मुख्यालय के गेट के इधर और उधर सैकड़ों मीटर तक भीड़ थी और लगातार बढ़ती जा रही थी। नारों का लगना जब बन्द हुआ तो नारे लगवा रहे पदाधिकारी ने कहा– ''हमारे प्रान्तीय सचिव श्री सीतारमण सभास्थल पर पहुँच चुके हैं, मेरा अनुरोध है कि वे यहाँ आयें और हमारी इस विशाल सभा को सम्बोधित करें।

सीतारमण भीड़ को अलग करते हुए माइक तक पहुँचा और कहना शुरू किया–

''मित्रो, सभी को इंकलाबी सलाम।'' आप सभी को मालूम हो गया होगा कि हमारे विरुद्ध एक काला क़ानून लगा दिया गया है जिसका नाम है 'एस्मा'। इसका पूरा अर्थ होता है Essential Services Maintenance Act इसलिए आज का दिन ऐतिहासिक बन गया है। आप पूछेंगे 'क्यों'। तो मैं बताता हूँ कि मेरी जानकारी में कम्पनी के इतिहास में हुई किसी भी तरह की हड़ताल में आज तक कभी भी 'एस्मा' नहीं लगाया गया है। इसका मतलब है वे हड़तालें इतनी बड़ी नहीं थीं जितनी बड़ी कि यह हड़ताल होने जा रही है। सरकार के डर जाने का सीधा मतलब है 'एस्मा' का लगाया जाना। हमारी शत प्रतिशत सफलता को देखते हुए हमारी हड़ताल को ग़ैर–क़ानूनी करार देना सरकार का लक्ष्य है जबकि अब तक चला आया हमारा आन्दोलन पूरी तरह शान्त रहा आया है और आगे भी शान्तिपूर्ण रहेगा।

"मित्रो, मेरा आग्रह है कि मेरे कर्मचारी भाई, मेरे कार्यकर्ता भाई जिस तरह अभी तक जोशो खरोश से लगे रहे हैं वैसे ही आगे भी लगे रहेंगे यह मेरी उम्मीद ही नहीं परम विश्वास है और यही हमारी सफलता की राह है।"

सीतारमण इतना ही कह पाये कि फिर से नारे लगना प्रारम्भ हो गये।

"इंकलाब ज़िन्दाबाद"

"ज़िन्दाबाद ज़िन्दाबाद"

"काला कानून वापिस लो"

"वापिस लो वापिस लो"

"तानाशाही नहीं चलेगी"

'नहीं चलेगी नहीं चलेगी"

"हिटलरशाही नहीं चलेगी"

"नहीं चलेगी नहीं चलेगी"

"जो हमसे टकरायेगा"

"चूर–चूर हो जायेगा।"

"जो हमसे टकरायेगा"

"चूर–चूर हो जायेगा"

"हमारी माँगें पूरी करो"

"पूरी करो पूरी करो"

नारे लगना जब समाप्त हुए तो सीतारमण ने अपने भाषण में विस्तार से अपनी यूनियन की महत्ता, ट्रेड यूनियन के आदर्श के बारे में जानकारी दी और सभी कर्मचारियों और कार्यकर्ताओं से हड़ताल को निडर होकर सफल बनाने का आग्रह किया। उसके भाषण के दौरान भीड़ लगातार बढ़ती रही।

❒

ठीक उसी दिन जब 'एस्मा' लगा उइके किंचित निराश हो गया। अब उसे हड़ताल की सफलता पर थोड़ा–थोड़ा सन्देह होने लगा,

जबकि स्वर्णकार को लगने लगा कि हड़ताल अब नहीं होगी। किसी न किसी बहाने बिजली मज़दूर संघ समझौता करने के लिए बाध्य हो जायेगी। उसने उसी समय से समझौते का इन्तज़ार करना शुरू कर दिया। पर उसकी बेचैनी बढ़ती जा रही थी। उसे सन्देह हो रहा था कि पीछे की गड़न उसकी फिर से न शुरू हो जाये। क्योंकि वह शुरू हो जाती है तो फिर बिना कुछ किये जाती नहीं है। फिलहाल वक़्त ऐसा था कि कुछ किया नहीं जा सकता था, केवल इन्तज़ार ही किया जा सकता था।

इसी समय उइके शातिर वकील को याद कर रहा था। वह कुछ–कुछ असमंजस से घिरा था, यह सोचते हुए कि विक्रम सिंह ने दिया हुआ काम किया कि नहीं। एक तरफ़ तो वह चाह रहा था कि विक्रम सिंह को फ़ोन करके पूछे कि उसका काम हुआ कि नहीं दूसरी तरफ़ वह यह सोच कर चुप था कि विक्रम सिंह जब कह चुका था कि उसका काम अवश्य हो जायेगा तो उसे उतावलापन नहीं दिखाना चाहिए हालाँकि विक्रम सिंह को काम दिये काफ़ी वक़्त गुज़र चुका था। उइके और स्वर्णकार की मनःस्थिति एक जैसी थी और दोनों ओर दोनों कुछ नहीं कर पा रहे थे।

लेकिन उइके अन्ततः अपनी असमंजस वाली स्थिति से काफ़ी प्रयासों के बाद उबर गया। उबरने के बाद उसे स्थिति सकारात्मक लगने लगी। उसने सोचा कि उसने विक्रम सिंह को पैसे दिये हैं और बाकी के पैसे देने वाला हूँ तो वह काम करने में कोताही क्यों बरतेगा। फिर पैसे दिये हैं तो पूछने में क्या दिक्कत है कि काम हुआ कि नहीं या काम की क्या स्थिति है? उसने यह सोचते ही विक्रम सिंह को फ़ोन लगाया।

उधर से 'विक्रम सिंह स्पीकिंग' सुनकर उइके ने कहा– "उइके बोल रहा हूँ सिंह साहब। क्या हाल–चाल हैं?"

"जी ठीक हैं उइके साहब, नमस्कार, कहिए क्या बात है?" विक्रम सिंह ने पूछा।

उइके को किंचित बुरा लगा कि विक्रम सिंह यह पूछ रहा है कि क्या बात है? 'अरे मेरे और उसके अस्थायी सम्बन्ध क्यों बने हैं क्या

वह जानता नहीं कि पूछ रहा है। उसे थोड़ा गुस्सा भी आया पर उसने विनम्रता से पूछा– "अपने काम की क्या स्थिति है, यही पूछ रहा था?"

"अपने काम की स्थिति बहुत अच्छी है, मेरे ख़याल से एकाध हफ्ते ही में छापा पड़ना चाहिए क्योंकि मुझे लोकायुक्त ने उन्हीं दिनों की सम्भावित तिथि बताई है, शायद आपके यहाँ होने वाली हड़ताल की शुरुआत में या उसके आस–पास!" विक्रम सिंह ने कहा।

"अरे वाह ! यह तो बहुत अच्छी बात है सिंह साहब, स्वर्णकार को दोहरी मार झेलनी पड़ेगी। और उस स्थिति में उसका आगे बढ़ना संदिग्ध हो जायेगा।" उइके ने बेहद ख़ुश होते हुए कहा।

"पर रुकिये, यदि छापे की गोपनीयता भंग होती है तो स्वर्णकार लोकायुक्त को कुछ ऑफ़र भी कर सकता है। तब छापे की कार्रवाई सन्देहास्पद हो सकती है, इसका ख़याल भी रखिए, आप अपने स्तर पर यह किसी भी हालत में किसी को मत बताइये"... फिर हँसते हुए... "यहाँ तक कि अपनी पत्नी को भी नहीं।" विक्रम सिंह ने कहा।

यह सुनकर उइके थोड़ा–सा घबरा गया और इस स्थिति में उसके लिए विक्रम सिंह भी सन्दिग्ध हो गया क्योंकि उसे तो पैसा चाहिए वह ख़ुद स्वर्णकार को बताके पैसे ऐंठ सकता है। इस पक्ष पर उसने अभी तक ध्यान नहीं दिया था और अब पछता रहा था। हालाँकि वह यह तो समझता ही था कि वह पहले ही एडवांस पैसा दे चुका है इसलिए उसने विक्रम सिंह से कहा– "देखिये सिंह साहब यदि ऐसा होता है तो आप मुझसे मत छिपाइयेगा, मैं आपकी रकम दोगुनी कर दूँगा।" उइके हड़बड़ी में कह गया।

दूसरी ओर से एक अट्टहास की आवाज़ आयी और विक्रम सिंह ने हँसते हुए कहा– "तो अभी कर दीजिए न। फिर रुककर दोबारा बोला– "घबराएँ नहीं मैं मज़ाक कर रहा हूँ।"

"मैं समझ रहा हूँ सिंह साहब कि आप कई तरह की सम्भावनाओं को ध्यान में रखकर यह बात कह रहे हैं।" उइके ने कहा पर अपनी बात पूरी नहीं कर पाया कि विक्रम सिंह फिर बोला– "आप निश्चिन्त रहें वैसी स्थिति में मैं आपके पैसे वापिस कर दूँगा।"

अब उइके भी हँसकर बोला– "सिंह साहब, मैं समझता हूँ कि आप ऐसा भी नहीं करेंगे क्योंकि हमारे सम्बन्ध पुराने हो गये हैं और स्वर्णकार से आप आज तक नहीं मिले हैं इसीलिए नैतिक रूप से कुछ भी होने पर आप पहले मुझे ख़बर करेंगे और फिर आगे बढ़कर दूसरा काम करेंगे। मुझे आप पर पूरा भरोसा है।"

"उइके साहब, डाक्टर और वकील से कुछ नहीं छिपाना चाहिए, यह आप अच्छी तरह समझते होंगे, इसलिए आपके यहाँ कुछ भी बनता–बिगड़ता है, तो मुझसे मत छिपाइये। मैं तो तमाम सम्भावनाओं को जाँच–परख कर ही काम करता हूँ। यह मेरे पेशे का एक अनिवार्य अंग है।" विक्रम सिंह ने कहा।

उसकी यह धारणा सुनकर उइके ने कहा– "सिंह साहब आपसे छिपाने वाली बात होती तो मैं आपसे बात ही शुरू करता क्यों, रही हमारे इधर की बात तो आपको मालूम हो ही गया होगा कि हड़ताल के विरोध में सरकार ने 'एस्मा' लागू कर दिया है। पर मेरे ख़याल से इससे भी कुछ बनना–बिगड़ना नहीं है। इस बार हड़ताल होगी और वैसी स्थिति में सभी पर अनुशासनात्मक कार्रवाई करना कठिन होगा, हालाँकि कुछ सन्देह भी खड़े हो रहे हैं पर परिस्थितियाँ देखते हुए कुछ कहा नहीं जा सकता। यूनियन ने एड़ी–चोटी एक कर दी है इस हड़ताल के लिए। उसने पानी की तरह पैसा बहाया है।"

"जी उइके साहब, मुझे भी इसी तरह की ख़बरें मिल रही हैं, मुझे यह अन्दाज़ हो गया है कि 'एस्मा' लगाने के बावजूद हड़ताल टलेगी नहीं। और इसका मुख्य कारण आपके सेक्रेटरी स्वर्णकार ही हैं और निर्दोष कर्मचारियों पर जो एक्शन हो रहे हैं वैसा कम्पनी के इतिहास में कभी नहीं हुआ, ऐसा आपके ही इधर के लोग बताते हैं।" विक्रम सिंह ने विस्तार में कहा।

उसकी पूरी बात सुनकर उइके बोला– "मैं भी दिल से चाहता हूँ कि हड़ताल न टले और उसका पूरा परिणाम स्वर्णकार को झेलना पड़े। जब तक उस पर कुछ कार्रवाइयाँ नहीं होंगी, मेरा उससे आगे निकलना मुश्किल हो जायेगा, मेरे प्रमोशन के हक़ को वह निगल

जायेगा और तब तक मेरे रिटायर होने का वक़्त आ जायेगा।'' मैं किसी भी कीमत में यह चाहता हूँ कि उसका बुरा हो।''

''अब कीमत तो आपने लगा ही दी है उइके साहब, उसका फल आपको अवश्य मिलेगा, निश्चिन्त रहिए।'' विक्रम सिंह ने अन्त में कहा। फिर थोड़ा रुककर कहा– ''अच्छा अब नमस्कार।''

''जी नमस्कार।'' उइके ने जवाब दिया।

उइके ने विक्रम सिंह को फ़ोन इसलिए लगाया था ताकि वह किंचित घिर आयी निराशा से निजात पा सके पर वह पूरी तरह से निजात नहीं पा सका था, बल्कि अब कई तरह के सन्देह सामने आने लगे थे। विक्रम सिंह ने जो बातें कीं उससे यह भी लगने लगा था कि वह कभी भी पलट सकता है। यदि स्वर्णकार को मेरी हरकत का पता चल गया तो वह विक्रम सिंह को खरीदने की कोशिश अवश्य करेगा और जैसा कि, मज़ाक में ही सही, विक्रम सिंह ने कहा वह बिकने के लिए हमेशा तैयार रहेगा। हालाँकि मैंने तो पैसा दोगुना करने की बात कह दी है पर यदि मेरे दोगुने से ज़्यादा स्वर्णकार देने को तैयार हो जायेगा तो फिर मेरे हाथ असफलता ही लगेगी। यहाँ तक आते–आते उसने यह भी सोचा कि लोकायुक्त को शिकायत करने की बात मेरे अलावा सिर्फ़ तीन लोग और जानते हैं। पहला ख़ुद वकील विक्रम सिंह, दूसरा और तीसरा मांगीलाल घसिया और भीकम कोरी। घसिया या कोरी ऐसा नहीं कर सकते। अब रहा विक्रम सिंह। यदि वह स्वर्णकार से सौदा कर लेता है तो मैं विक्रम सिंह का कुछ नहीं बिगाड़ पाऊँगा। उइके को लगा कि ऐसी स्थिति में सिर्फ़ भगवान ही उसका साथ दें नहीं तो कुछ होने वाला नहीं है। विक्रम सिंह से बातचीत में सिर्फ़ एक अच्छी बात सामने आयी कि वह पैसा वापस कर देगा। यह बात राहत देने वाली थी पर उसने इस राहत के लिए तो ये सब नहीं किया था, उसकी तो एक बड़ी महत्त्वाकांक्षा थी कि वह कम्पनी के शीर्ष पद चेयरमैन तक पहुँच सके। वह इस हक़ को अपने लिए यूँ ही नहीं चाहता। नियमानुसार यह पद उसे ही मिलना चाहिए लेकिन वह जानता है कि स्वर्णकार बहुत तिकड़मबाज़ है वह

सेक्रेटरी रहते हुए इस पद को उसे प्राप्त नहीं होने देगा इसलिए कैसे भी उसे अपदस्थ होना चाहिए।

अन्ततः उसके पास सिर्फ़ विक्रम सिंह पर भरोसा करना बचा है या फिर ईश्वर की इच्छा पर। पर ईश्वर जैसे ही सामने आते हैं वहाँ कुछ–कुछ सकारात्मक होने लगता है और निराशा दूर होने लगती है।

❐

वह 14 अक्टूबर का दिन था। पूरी बिजली कम्पनी में आँधी के पहले की शान्ति और सन्नाटा था। सब तरफ़ तनाव था। हड़ताल को लेकर सबके अपने–अपने अनुमान थे। अख़बार कह रहे थे कि एक विस्फोटक स्थिति पूरे प्रदेश में है। उनके जगह–जगह के रिपोर्टर बता रहे थे कि ट्रेड यूनियन और बिजली कम्पनी प्रशासन में और प्रान्तीय सरकार में घमासान होने की पूरी उम्मीद है। अख़बार बेहद छोटी–छोटी घटनाओं को चासनी में उतार कर परोस रहे थे। बड़े–बड़े अख़बार और टेलीविजन न्यूज़ चैनल कम्पनी प्रशासन और प्रान्तीय सरकार से पूछ रहे थे कि यदि यूनियन बिजली बन्द करने में सफल होती है तो सरकार और बिजली कम्पनी की क्या वैकल्पिक व्यवस्था है यह हमें और प्रदेश की जनता को बताये। पर सरकार और बिजली कम्पनी द्वारा बार–बार यही कहा जा रहा था कि हड़ताल हो नहीं पायेगी क्योंकि 'एस्मा' लगा दिया है और इस तरह हड़ताल को ग़ैर–क़ानूनी बना दिया गया है। सरकार और बिजली कम्पनी ने हड़ताल टालने की हर सम्भव कोशिश की है पर यूनियन की हठधर्मिता ने 'एस्मा' जैसा क़ानून लगाने को मजबूर किया है। बातें सिर्फ़ यहीं तक सीमित नहीं थीं। सत्ताधारी दल के नेताओं के साथ मुख्यमन्त्री चितरंजन सिंह से भी पूछा जा रहा था कि बिजली बन्द की स्थिति में सरकार और कम्पनी क्या क़दम उठाने वाले हैं यह प्रदेश की जनता को बताया जाये। यह भी बताया जाये कि कम्पनी कर्मचारियों की ऐसी कौन–सी क़ानूनी या ग़ैर–क़ानूनी माँगें हैं जिसे कम्पनी प्रबन्धन पूरा नहीं कर पा रहा है?

उइके को उम्मीद थी कि हड़ताल अगर हो पाती है तो स्वर्णकार के दिन पूरे होंगे और न हुई तो उसके घर पड़ने वाले छापे के बाद उसे अपदस्थ कर दिया जायेगा और उस स्थिति में उसे आगे बढ़ने का मौक़ा अवश्य मिलेगा, क्योंकि वरीयता में उसके आगे स्वर्णकार को छोड़कर कोई नहीं है। यह सोच उसे ख़ुशी दे सकती है जबकि स्वर्णकार यह सोच रहा था कि 'एस्मा' के तहत पुलिसिया कार्रवाई हड़ताल को होने नहीं देगी चाहे जैसी भी स्थिति बने। बिजली मज़दूर संघ में बहुत उत्साह था। सीतारमण मुख्यालय में तो यह देख ही रहा था और पूरे प्रदेश से उसे उत्साहवर्धक समाचार ही मिल रहे थे। उसका एक–एक कार्यकर्ता बेहद ख़ुश था और आने वाले कल की प्रतीक्षा कर रहा था। दूसरी ओर प्रान्तीय बिजली कर्मचारी यूनियन का दर्शन सिंह तो 'एस्मा' लगने से बहुत अधिक प्रसन्न था और उसके इक्का–दुक्का कार्यकर्ता भी बहुत प्रसन्न थे यह सोचकर कि अब हड़ताल हो नहीं पायेगी तथा घबराने की ज़रूरत नहीं है।

दर्शन सिंह उस दिन बहुत सक्रिय था और अपनी सुबह की गेट मीटिंग में लाउड स्पीकर में चिल्ला–चिल्ला कर कह रहा था कि कल होने वाली हड़ताल के विरुद्ध 'एस्मा' लगा दिया गया है इसलिए यह हड़ताल ग़ैर–क़ानूनी हो गयी है, कृपया हड़ताल में शामिल न हों अन्यथा कठोर अनुशासनात्मक कार्रवाई का सामना करना पड़ेगा, हो सकता है बर्खास्तगी का अथवा निलम्बन का सामना करना पड़े। इसलिए हड़ताल में शामिल मत होइए और अपनी नौकरी बचाइये। वह गेट मीटिंग के बाद ऑफ़िस–ऑफ़िस घूम–घूमकर कर्मचारियों को समझाने की कोशिश कर रहा था कि अपनी नौकरी बचानी है तो कल की हड़ताल में शामिल मत होइए। पर यह अजीब नहीं था, कोई भी कर्मचारी उसकी बात दिलचस्पी से नहीं सुन रहा था। केवल औपचारिकतावश उसे समय दे रहा था। यह दर्शन सिंह समझ रहा था पर वह अपने प्रयत्न में पीछे नहीं हट रहा था। पूरे प्रदेश में उसके कार्यकर्ता भी जुटे हुए थे। वे संख्या में बहुत कम थे पर 'एस्मा' ने उनका उत्साहवर्धन किया हुआ था। इसलिए उनके भीतर भी उत्साह बना हुआ था और वे हड़ताल के विरोध में प्रचार कर रहे थे।

उसी दिन लंच टाइम में स्वर्णकार ने डायरेक्टर ऑफ़ विजिलेंस एंड सिक्यूरिटी को अपने चैम्बर में बुलाया हुआ था। बिल्कुल ठीक समय पर वह स्वर्णकार के चैम्बर में पहुँच गया था। डायरेक्टर ऑफ़ विजिलेंस एंड सिक्यूरिटी अपनी ख़ूबसूरत यूनिफार्म में था। स्वाभाविक रूप से उसे इस तरह देखकर जिसकी भी नज़र पड़ी वह चौंक गया और तरह–तरह के कयास लगाने लगा। उसी वक़्त बिना देर किये हुए यह समाचार पूरे मुख्यालय में फैल गया कि डायरेक्टर ऑफ़ विजिलेंस एंड सिक्यूरिटी (डी.वी.एस.) स्वर्णकार के चैम्बर में गया हुआ है और यह दोनों का मिलन हो–न–हो हड़ताल से सम्बन्धित ही है। दोनों मिलकर कर्मचारियों के दमन की योजना बना रहे होंगे। यह समाचार जब सीतारमण के पास पहुँचा तो उसने भी अनुमान लगाया कि मुलाक़ात कल की हड़ताल से ही सम्बंन्धित है। उसने उसी वक़्त इस समाचार को चारों ओर फैलाने के बारे में प्रयत्न शुरू कर दिये। मोबाइल पर उसने पूरे प्रदेश में अपने पदाधिकारियों को फ़ोन लगाकर डी.वी.एस. और स्वर्णकार के मिलने की सूचना दी और यह बताया कि यह हड़ताल का दमन करने की तैयारी है सब लोग सजग रहें क्योंकि एक 'एस्मा' और डी.वी.एस. मिलकर दोहरी मार की तैयारी में हैं। हमें इसका मुँहतोड़ जवाब देना होगा। सभी लोग आज शाम गेट मीटिंग में अपने कर्मचारी साथियों को यह जानकारी दें और उनकी हौसला अफजाई करें। सीतारमण नहीं जानता था कि डी.वी.एस. और स्वर्णकार में क्या बातचीत हो रही है। पर वह यह निश्चित रूप से जानता था कि बात हड़ताल पर ही हो रही होगी इसलिए वह अपने लोगों को पहले से ही सतर्क और सजग कर रहा था।

इधर स्वर्णकार के चैम्बर में कॉफ़ी आ गयी थी और स्वर्णकार तथा डी.वी.एस. चुस्कियाँ ले रहे थे। दोनों मुस्कुराते हुए बातचीत कर रहे थे। क़रीब दस मिनट बाद स्वर्णकार मुख्य मुद्दे पर आया और डी.वी.एस. से कहा– ''एक तो आप उस कर्मचारी को सुरक्षा देंगे जो नौकरी पर जाना चाहता है और कर्मचारी को किसी के भी द्वारा रोकने से मना करेंगे। यदि कोई हुज्जत करता है तो उसे पुलिस के सुपुर्द करेंगे।

आपको बता दूँ कि कल पुलिस अच्छी–खासी तादाद में उपस्थित होगी। आप उनसे हर तरह की मदद ले सकते हैं। तीसरी जो सबसे ज़रूरी बात, वह यह है कि मेन गेट में होने वाली हर हरकत की आप वीडियोग्राफी करायेंगे ताकि हर हरकत, चाहे वह यूनियन की हो चाहे किसी की भी हो, रिकॉर्ड हो सके और हम उन्हें सबूत के रूप में इस्तेमाल कर सकें। कल के एक्शन में वीडियोग्राफी का सबसे अहम रोल है। न्यूज़ चैनल अथवा अख़बार के लोग पूछताछ करें तो उन्हें यही बताना है कि 'एस्मा' लगा है इसलिए हड़ताल ग़ैर–क़ानूनी है। इससे ज़्यादा आप कुछ नहीं बोलेंगे। यदि इससे अधिक कोई पूछता है तो उसे मुझसे या चेयरमैन से बात करने को कहें और कहें कि आपकी ज़िम्मेदारी सुरक्षा व्यवस्था को लेकर है जो आप मुस्तैदी से कर रहे हैं। आप समझ रहे हैं न डायरेक्टर साहब?"

"जी सर, अच्छी तरह समझ गया, आपके हर आदेश का पालन किया जायेगा, आप मेरी ओर से निश्चिन्त रहें।" डी.वी.एस. ने जवाब दिया।

"आप अब जायें, और व्यवस्था में लग जायें। यदि कोई बात हो तो सम्पर्क करें, लेकिन आप कल की तैयारी आज ही कर लें तो बेहतर होगा। बहुत सजग रहने की ज़रूरत है इसलिए मोबाइल पाँच मिनट के लिए भी बन्द न करें।"

"जी सर।" डी.वी.एस. ने कहा और चैम्बर से बाहर हो गया। बाहर लोगों ने नोट किया कि डी.वी.एस. लगभग चालीस मिनट तक स्वर्णकार के चैम्बर में रहा। इस बात को भी मुख्यालय में फैलने में देर नहीं लगी और सीतारमण तक भी वह पहुँची।

शाम को साढ़े पाँच बज चुके थे। मुख्यालय के मेन गेट पर पोस्टर बैनर, झण्डे लहराने लगे थे और नारों की शुरुआत हो चुकी थी।

"इंकलाब ज़िन्दाबाद"

"ज़िन्दाबाद ज़िन्दाबाद"

"हमारी माँगें पूरी करो"

"पूरी करो पूरी करो"

''काला क़ानून वापिस लो''
''वापिस लो वापिस लो''
''तानाशाही नहीं चलेगी''
''नहीं चलेगी नहीं चलेगी''
''हिटलरशाही नहीं चलेगी''
''नहीं चलेगी नहीं चलेगी''
''जो हमसे टकरायेगा''
''चूर–चूर हो जायेगा''
''जो हिटलर की चाल चलेगा''
''वो हिटलर की मौत मरेगा''
''हम अपना अधिकार माँगते''
''नहीं किसी से भीख माँगते''
''आवाज़ दो हम एक हैं''
''हम एक हैं हम एक हैं''

एक के बाद एक नारे का शोर आज फिर मुख्यालय की दीवारों से टकरा कर प्रतिध्वनित हो रहा था। मेन गेट पर भीड़ बढ़ती जा रही थी। कुछ ही देर बाद वहाँ सीतारमण पहुँच गया था। काफ़ी देर तक वह अपने साथियों के साथ शामिल होकर नारे लगाता रहा, फिर उसने हाथ के इशारे से नारों को रुकवाया और कहना शुरू किया ''भाइयो, अब देर नहीं है, हम कल से हड़ताल पर रहेंगे। अब तक आप देखते आये हैं कि किसी न किसी तरह से हम पर दबाव बनाने की कोशिश की जा रही है कि हम हड़ताल वापिस ले लें। हम कैसे भी डर जायें इसलिए हम पर काला क़ानून 'एस्मा' के रूप में लगाया गया है। पर हम दबने वाले नहीं, हम डरने वाले नहीं, बल्कि हम और मज़बूत हुए हैं। प्रशासन हमें जितना दबाने की कोशिश करेगी हम उतने ज़्यादा मज़बूत होकर उभरेंगे। कल की हमारी हड़ताल किसी भी दबाव के विरुद्ध होकर रहेगी। हमारी माँगें किसी भी तरह ग़ैर–वाज़िब नहीं हैं। महँगाई हमारी कमर तोड़ रही है, ऐसी स्थिति में हमारा 10 प्रतिशत डी.ए. देने की बजाये फ्लाइंग स्क्वॉड का खंजर हमारी गर्दन

पर लटका दिया है और हमें बुरी तरह परेशान करने के लिए थोक में हमारे स्थानान्तरण किये जा रहे हैं। यह हमारा बुरी तरह दमन है। इसे हम सहन नहीं करेंगे और प्रशासन की ईंट से ईंट बजा देंगे।''

''इंकलाब ज़िन्दाबाद''

''ज़िन्दाबाद ज़िन्दाबाद''.... फिर से नारे गुंजायमान होने लगे। बहुत देर की नारेबाजी के बाद सीतारमण ने फिर कहना शुरू किया– ''दोस्तों आज की ही ख़बर है कि हमारे सेक्रेटरी महोदय ने डी.वी. एस. को अपने चैम्बर में तलब किया था और लगभग चालीस मिनट तक कल की हमारी हड़ताल पर डण्डा बरसाने की मन्त्रणा चलती रही। इसलिए कल आने वाली किसी भी परिस्थिति का सामना करने को तैयार रहें। 'इंकलाब ज़िन्दाबाद'।''

''ज़िन्दाबाद ज़िन्दाबाद''

फिर सीतारमण के नारे लगाने पर बहुत देर तक गगनभेदी नारे गुंजायमान होते रहे। फिर थोड़ी देर बाद वहाँ सुनसान हो गया।

अब मुख्यालय की पार्किंग से बड़े–बड़े अधिकारियों की गाड़ियाँ निकलने लगीं। इन्हीं गाड़ियों में एक कार स्वर्णकार की भी थी। कल की होने वाली हड़ताल को लेकर वह बेहद बेचैनी महसूस कर रहा था। पीछे की गड़न उसकी बेहद बढ़ी हुई थी। उसे लग रहा था कि इससे निजात के लिए कुछ न कुछ करना होगा। ऑफ़िस से घर तक के रास्ते में वह यही सोचता रहा पर उसे कुछ समझ नहीं आया। घर पहुँचकर भी उसकी गड़न और बेचैनी दूर नहीं हुई। अन्त में उसे एक उपाय सूझा। उसने बिना यह सोचे कि वे क्या सोचेंगे, उसने मुख्यमन्त्री चितरंजन सिंह को फ़ोन लगाया।

फ़ोन उनके पी.ए. ने उठाया। स्वर्णकार ने अपना परिचय देते हुए मुख्यमन्त्री से बात करवाने का आग्रह किया। पी.ए. ने बिना देरी किये मोबाइल चितरंजन सिंह को पकड़ा दिया और कहा– ''स्वर्णकार जी का फ़ोन है।''

फ़ोन अपने हाथ में लेकर कनपटी से लगाते हुए चितरंजन सिंह ने कहा– "हाँ, स्वर्णकार जी कहिए, क्या बात है?"

कोई काम तो था नहीं जिसे स्वर्णकार बताता, इसलिए कहा–"जी कोई बात नहीं सर, ऐसे ही हाल–चाल लेने को फ़ोन किया था।"

"यहाँ तो ठीक है, आप अपने हाल–चाल बतायें?" चितरंजन सिंह ने पूछा।

"यहाँ भी ठीक है सर, बस कल की हड़ताल से निबटना है, सब तैयारी पूरी हो गयी है।" स्वर्णकार ने कहा।

"जी हाँ अपनी तैयारी पूरी रखिए और किसी प्रकार की चिन्ता मत करिये, कल देखिये सब ठीक हो जायेगा।" चितरंजन सिंह ने कहा।

इसके पहले कि स्वर्णकार और कुछ कहता चितरंजन सिंह ने फ़ोन काट दिया। स्वर्णकार समझ गया कि मुख्यमन्त्री कहीं व्यस्त होंगे। इसलिए फ़ोन काट दिया।

फ़ोन करने से स्वर्णकार को किंचित राहत मिली। उसकी बेदर्दी पीछे की गड़न कम होकर सहने लायक हो गयी। वह अब अपने मन को कहीं और लगाने लायक हो गया।

वह अपने बेडरूम में था। वहाँ सामने रखी अलमारी से अपनी प्रिय स्कॉच की बोतल उसने बाहर निकाल ली।

❐

15 अक्टूबर आ गया था। बहुत दिनों का इन्तज़ार ख़त्म हो गया था। यह इन्तज़ार किसी एक के लिए नहीं था, ये इन्तज़ार बहुत लोगों के लिए था। उस दिन की सुबह आम सुबह नहीं थी, उस दिन कुछ निर्णय होने वाला था। इसलिए वह शान्त नहीं बल्कि एक विचलित सुबह थी। जो कोई भी इससे सम्बन्धित था वह भी विचलित था। अनिर्णय, अन्देशा, कशमकश, असम्भावित और ऊहापोह जैसे शब्दों की भरमार उस दिन की बातचीत में सुबह से जारी थी। समय के पहले और इसलिए अदेखे को देखना बहुत मुश्किल था।

हवा में बेचैनी थी और हर ओर एक उमस महसूस की जा रही थी। ये सब कम्पनी के कर्मचारियों या अधिकारियों के भीतर सिर्फ़ नहीं था बल्कि आम जनता भी इसमें समाहित थी। हमारी सामाजिकता में बिजली का इतना अहम रोल था कि इसे छोटा सा बच्चा भी समझता था। उन दिनों बिजली सबसे बड़ी ज़रूरतों में से एक थी इसलिए ताज्जुब नहीं कि सभी की सोच में वह थी।

बिजली और लोगों की ज़रूरतों को लेकर उस दिन के अख़बार रँगे हुए थे। बिजली के इतिहास से लेकर आज तक की बिजली व्यवस्था को लेकर विशेषज्ञों की राय, टिप्पणियों में अथवा लेखों के रूप में सामने आयी हुई थीं। प्रदेश के बिजली मन्त्री से लेकर तमाम अन्य मन्त्रियों और छोटे–बड़े सत्ताधारी नेताओं के बयान अख़बार में छपे थे। यूनियन नेताओं जैसे सीतारमण और दर्शन सिंह के बयान, साक्षात्कार भी प्रकाशित हुए थे। सब कुछ इतनी प्रमुखता से छापा गया था कि लगता था जैसे देश का प्रमुख समाचार यही है। हिन्दी, अंग्रेज़ी न्यूज़ चैनल्स में सुबह से डिबेट जारी थी जिसमें राजनीतिज्ञों के अलावा बिजली विशेषज्ञों और इसके अलावा बिजली कम्पनी के छोटे–बड़े अधिकारी भी बारी–बारी से आ–जा रहे थे। पर कोई भी परिस्थिति का सही आकलन नहीं कर पा रहा था। किसी को समझ नहीं आ रहा था कि ऊँट किस करवट बैठेगा। बिजली मज़दूर संघ की तैयारी इतनी ठोस थी कि कोई भी उसे झुठला नहीं पा रहा था। दर्शन सिंह भी लोगों को जो तर्क दे रहा था वे विश्वसनीय नहीं कहे जा सकते थे।

चूँकि लोगों को झड़प और झगड़े की भी उम्मीद थी इसलिए डी.वी.एस. और पुलिस अधिकारियों से भी प्रश्न किये जा रहे थे। चूँकि 'एस्मा' लगाया गया था इसलिए क़ानूनविदों से भी बात की जा रही थी। उनके लम्बे–लम्बे उद्‌बोधन और टिप्पणियाँ सुनने के बाद भी किसी को कुछ समझ में नहीं आ रहा था। लोग सिर्फ़ सुबह के साढ़े दस बजने का इन्तज़ार कर रहे थे ताकि ऑफ़िस के समय पर क्या होता है यह देखा जा सके। यह इन्तज़ार सिर्फ़ लोगों भर को नहीं था! यह इन्तज़ार स्वर्णकार को, कर्मचारियों को और अधिकारियों को भी था।

सीतारमण और दर्शन सिंह पूरे प्रदेश में अपने पदाधिकारियों और कार्यकर्ताओं को फ़ोन लगाने में व्यस्त थे ताकि उनसे उनके शहर या क़स्बे का समाचार ले सकें और अपनी गाइड लाइन दे सकें। पर, अपने अनुमानों में दोनों विपरीत थे। सीतारमण को उत्साहवर्धक समाचार मिल रहे थे जबकि दर्शन सिंह को निराश करने वाले समाचार मिल रहे थे।

विपरीत समाचारों की बाढ़ उइके और स्वर्णकार के यहाँ भी थी। उइके को यह समाचार मिल रहे थे कि हड़ताल हर हाल में सफल होने जा रही है, जबकि यही समाचार स्वर्णकार को भी मिल रहा था पर उसके लिए यह अच्छा नहीं था, वह सोचता था कि कहीं से कोई टूट–फूट का समाचार मिलेगा या कोई समझौता वार्ता का प्रस्ताव आयेगा, पर ऐसा बिल्कुल नहीं हुआ था। उसकी आशा में सकारात्मक बात एक ही थी कि 'एस्मा' लगाया गया था जो हड़ताल को ख़त्म कर सकता था उसे विफल कर सकता था। अजीब विडम्बना थी कि एक ही परिस्थिति की वजह से एक ख़ुश था तो दूसरा निराश था। ख़ुशी केवल उइके के लिए नहीं थी, तमाम कर्मचारियों के लिए भी थी जो जायज माँगों के लिए संघर्षरत थे।

सीतारमण और उसके पचास–साठ साथी दस बजे ही मुख्यालय के गेट पर पहुँच गये थे और लाउड स्पीकर से 'इंकलाब ज़िन्दाबाद' से लेकर 'जो हिटलर की चाल चलेगा, वो हिटलर की मौत मरेगा' के नारे गूँज रहे थे।

सीतारमण प्रसन्न था पर कई तरह की आशंकाएँ भी उसे घेर रही थीं क्योंकि 'एस्मा' लगाया गया था। उस परिस्थिति में कुछ भी हो जाना असम्भव नहीं था। उस रोज़ जिस तरह की भीड़ जुटने वाली थी उसमें अराजकता फैल जाने से भी इनकार नहीं किया जा सकता था। वह यही सब सोच रहा था कि किस परिस्थिति में क्या करना है, क्या एक्शन लेना है। हालाँकि वह अपने सबसे विश्वस्त साथियों को ये सब एक रोज़ पहले ही बता चुका था। लेकिन सन्देहों को कौन रोक सकता है वे तो उठते ही हैं।

इसके पहले की साढ़े दस बजे पुलिस की जीपें और बड़ी–बड़ी गाड़ियाँ मुख्यालय के गेट के पास आकर खड़ी होने लगीं। उन गाड़ियों से राइफल या लाइट मशीनगन लेकर सिपाही उतरने लगे। थोड़ी ही देर में वह इलाक़ा पुलिस की छावनी में तब्दील हो गया। इस स्थिति को देखकर नारों के स्वर तेज़ हो उठे। कर्मचारियों का उस दिन का जोश देखते ही बनता था। लगता था जैसे वे शहादत के लिए तैयार हैं। उस दिन नारे लगाने का नेतृत्व सीतारमण कर रहा था।

दूसरी ओर गेट के सामने अन्दर की तरफ़ डी.वी.एस. ने अपने सिक्यूरिटी गार्ड्स लगा रखे थे साथ में एक व्यक्ति वीडियोग्राफी करता दिख रहा था। गेट के दोनों ओर इस तरह लगता था मानो सेना की टुकड़ियाँ आमने–सामने हैं। बीच में सीतारमण के साथ लगभग सौ डेढ़ सौ कार्यकर्ता, पदाधिकारी और कर्मचारी थे।

दूसरी तरफ़ दर्शन सिंह चार–छह लोगों के साथ था और काम पर जाने के लिए प्रेरणा देने वाला भाषण दे रहा था। लेकिन उसकी बात सुनने वाला कोई नहीं था। वहाँ तो सिर्फ़ सीतारमण और उसके साथियों के नारे ही सुनाई पड़ रहे थे।

"इंकलाब ज़िन्दाबाद"
"ज़िन्दाबाद ज़िन्दाबाद"
"हमारी माँगें पूरी करो"
"पूरी करो पूरी करो"
"काला क़ानून वापिस लो"
"वापिस लो वापिस लो"
"तानाशाही नहीं चलेगी"
"नहीं चलेगी नहीं चलेगी"
"हिटलरशाही नहीं चलेगी"
"नहीं चलेगी नहीं चलेगी"
"जो हमसे टकरायेगा"
"चूर–चूर हो जायेगा"
"जो हिटलर की चाल चलेगा"

''वो हिटलर की मौत मरेगा''

''हम अपना अधिकार माँगते''

''नहीं किसी से भीख माँगते''

''आवाज़ दो हम एक हैं''

''हम एक हैं हम एक हैं''

साढ़े दस के पहले ही कर्मचारियों का आगमन शुरू हो गया था। सारे कर्मचारी यहाँ–वहाँ अपनी गाड़ियों को खड़ी कर रहे थे। वे सब तितर–बितर होकर खड़े हो गये थे। पुलिस की एक जीप में लाउड स्पीकर लगा था और वहाँ से घोषण हो रही थी कि सभी कर्मचारियों से निवेदन किया जा रहा है कि वे अपने ऑफ़िसों में जायें, यहाँ भीड़ नहीं लगायें। उन्हें अवगत कराया जाता है कि आज की हड़ताल 'एस्मा' के द्वारा अवैध करार कर दी गयी है इसलिए अपने काम पर जायें नहीं तो अनुशासनात्मक कार्रवाई की जायेगी इसलिए निवेदन है कि अपने काम पर जायें और यहाँ अनावश्यक रूप से भीड़ न लगायें।

इस घोषणा के बाद भी कर्मचारियों पर कोई असर नहीं हो रहा था। बल्कि सीतारमण उधर से आह्वान कर रहा था कि ''कोई भी कर्मचारी काम पर न जाये, आज हम हड़ताल पर हैं। 'एस्मा' या पुलिस से डरने की कोई ज़रूरत नहीं है। हम अपनी जायज माँगों के लिए हड़ताल पर हैं।'' कोई बीच में चिल्लाया– 'इंकलाब ज़िन्दाबाद', ज़िन्दाबाद, ज़िन्दाबाद। नारे फिर शुरू हो गये। इस बीच दूसरी ओर दर्शन सिंह के पास पच्चीस–तीस कर्मचारी एकत्रित हो गये थे। दर्शन सिंह उनको अपने–अपने ऑफ़िस में जाने के लिए उकसाने लगा। उसके साथ के कर्मचारियों की फिर भी हिम्मत नहीं पड़ रही थी।

इस बीच वहाँ आसपास के निवासी और राहगीर भी इकट्ठा होना शुरू हो गये। चारों ओर भीड़ ही भीड़ नज़र आने लगी। पुलिस को लोगों को भगाने में दिक्कत होने लगी। उसके सिपाही खिसिया–खिसिया कर लोगों को तितर–बितर करने की कोशिश करने लगे। लेकिन जनता तो जनता वह थोड़ी देर के लिए खिसकती पर

फिर जमा होने लगती। वहीं कुछ पुलिस अधिकारी भीड़ को देखकर आपस में चर्चा करने लगे। अब पौने ग्यारह बज रहे थे और एक भी कर्मचारी मुख्यालय के गेट से भीतर ऑफ़िसों की ओर नहीं जा पाया था। दर्शन सिंह बेहद ग़ुस्से से भर गया था। उसने थोड़ी देर में अपने साथ के आठ–दस कर्मचारियों को अन्दर ऑफ़िस जाने के लिए मना लिया। उसमें चार–पाँच बहुत खूँखार तरह के व्यक्ति थे। उन लोगों ने दर्शन सिंह को आश्वस्त किया कि वे भीतर जाकर रहेंगे। वे तेज़ी से आगे बढ़े। यह देखकर सीतारमण ने अपने कार्यकर्ताओं से उन्हें रोकने को कहा। कार्यकर्ता आगे बढ़े और उन्हें भीतर जाने से रोकने लगे। इतने में दर्शन सिंह के उन कार्यकर्ताओं ने हाथा–पाई शुरू कर दी। अपने लोगों को पिटते देखकर सीतारमण ग़ुस्से से भर गया और उसने अपने कार्यकर्ताओं को भिड़ने के लिए आवाज़ लगाई। सीतारमण की ओर के कार्यकर्ता और कर्मचारी दौड़ पड़े। लड़ते हुए लोगों के बीच आपस में गालियों की आवाज़ें गूँजने लगीं। कुछ गिर पड़े, कुछ लहूलुहान हो गये। भयंकर शोर होने लगा। इधर–उधर खड़े कर्मचारी भी तेज़ी से उस ओर दौड़े। पुलिस की ओर से अश्रु गैस छोड़ा जाने लगा। दोनों ओर के कर्मचारी गुत्थम–गुत्था थे तो पुलिस भी उस ओर दौड़ी और डण्डा बरसाने लगी। लाठी चार्ज का आदेश भी तभी दे दिया गया इसलिए सारे पुलिस वाले कर्मचारियों पर टूट पड़े। भीड़ बिखरने लगी। फिर पुलिस वालों ने कर्मचारियों को गिरफ़्तार करना शुरू कर दिया। उन्हें पकड़कर लायी हुई बड़ी–बड़ी गाड़ियों में भरा जाने लगा। कर्मचारी हताहत होते गये और थोड़ी देर में वहाँ धूल और धुआँ बुरी तरह फैल गया। वहाँ उपस्थित वीडियोग्राफर ने पूरी घटना की वीडियो बना ली। कोई भी कर्मचारी अन्दर नहीं जा पाया। डी.वी.एस. के सिक्यूरिटी गार्ड्स को कुछ भी नहीं करना पड़ा। वे सिर्फ़ तमाशबीन की तरह खड़े रहे।

दर्शन सिंह गायब हो गया था पर सीतारमण को पुलिस ने गिरफ्तार कर लिया। उसके छोटे–मोटे पदाधिकारी भी गिरफ्तार हो गये। जितनी पुलिस की गाड़ियाँ थीं उससे अधिक कर्मचारी थे

इसलिए पुलिस सभी को गिरफ्तार नहीं कर सकी। बहुत सारे कर्मचारी अपनी–अपनी गाड़ियाँ लेकर भाग गये।

जिन कर्मचारियों को गिरफ्तार किया गया था उन्हें शहर से बीच–पच्चीस किलोमीटर दूर ले जाकर छोड़ दिया गया। लेकिन सीतारमण को नहीं छोड़ा ताकि कर्मचारियों का मनोबल टूट जाये, वे काम पर वापस आ जायें। फिर न जाने क्या सोचकर उसे भी देर रात छोड़ दिया गया।

इसके पहले क़रीब दिन के एक बजे मुख्यालय के भीतर से ख़बर आयी कि बिजली मज़दूर संघ से सम्बद्ध पाँच कर्मचारियों को बर्खास्त कर दिया गया है। बर्खास्तगी में उनकी बर्खास्तगी के प्रमाण के रूप में वीडियो का उल्लेख किया गया था। यह उल्लेखनीय था कि प्रान्तीय बिजली कर्मचारी यूनियन का कोई सदस्य नहीं था जिसे बर्खास्त किया गया हो जबकि सबसे पहले हाथापाई उनकी ओर से ही शुरू की गयी थी। अन्याय प्रत्यक्ष दिख रहा था, पर देखने वाला कोई नहीं था। पूरे मुख्यालय में एक भी कर्मचारी ड्यूटी पर नहीं पहुँच पाया सारे अधिकारी अपने–अपने कार्यालयों में उपस्थित रहे और अपने स्तर का काम करते रहे।

दूसरे रोज़ की परिस्थिति का किसी को कोई अनुमान नहीं था। सारे कर्मचारियों की रात बेहद बेचैनी और असमंजस में कटी। लेकिन उइके और स्वर्णकार दोनों ही ख़ुश थे। स्वर्णकार इसलिए कि उसकी दृष्टि में हड़ताल असफल हो गयी, दूसरी ओर उइके इसलिए कि उसे लगा कि हड़ताल सफल हुई। इस बार भी एक ही परिस्थिति के दो लोगों के लिए अलग–अलग अर्थ निकले। यह कोई विश्वास नहीं करेगा कि उस रात दोनों ने दो–दो पैग शराब पी। एक ने दुख में दूसरे ने ख़ुशी में।

अगली सुबह साढ़े तीन–चार बजे कम्पनी के एक बँगले को घेरा जा रहा था। लोग गहरी नींद में थे जब यह हो रहा था। उस काली रात की सुबह में उजाला अभी नहीं हुआ था। बँगला जब चुपचाप आयी चार–पाँच जीपों में आये वर्दीधारियों से घिर रहा था तब बँगले

में रहने वालों को कोई आहट नहीं हुई। वहाँ भी सभी में गहरी नींद थी। बाहर सो रहे एक अर्दली को आहट महसूस हुई तो वह हड़बड़ा कर उठ बैठा। उसे एक वर्दीधारी ने तुरन्त जकड़ लिया और उसकी पीठ पर गन लगाते हुए कहा– "शोर नहीं करना, चुपचाप यहीं खड़े रहो।" अर्दली चुपचाप सहमते हुए वहीं खड़ा हो गया। जब बँगला अच्छी तरह घिर गया तो वर्दीधारी सैनिकों के साथ आये एक टाईधारी ने बँगले की कॉल बेल बजाई। बँगले की भीतरी लाइटें धीरे–धीरे जलने लगीं। कोई व्यक्ति भीतर से ही चिल्लाता आया कि "कौन है–कौन है।" वह जब दरवाज़े तक पहुँचा तो बाहर खड़े टाईधारी ने कहा– 'जल्दी खोलिए, आपके बँगले को चारों ओर से घेर लिया गया है, हम लोग लोकायुक्त से आये हैं। दरवाज़ा खोलिए। दरवाज़ा हड़बड़ाते हुए खोला गया। दरवाज़ा खोलने वाला स्वर्णकार था। लोकायुक्त की टीम ने उसके घर पर छापा मार दिया था। स्वर्णकार काँप रहा था, उसे सपने में भी उम्मीद नहीं थी कि उसके घर लोकायुक्त का छापा पड़ेगा। उसका चेहरा बुरी तरह उतर कर काला पड़ गया था। सब लोग, टाईधारी और वर्दीधारी, उसके ड्राइंग रूम में पहुँच गये थे और सोफ़ों, कुर्सियों में बैठ गये थे। टाईधारी ने अपना आई कार्ड निकालकर दिखाते हुए कहा– "मैं आई.जी. चन्द्रभूषण मिश्रा हूँ और मुझे आपके घर की तलाशी के लिए भेजा गया है। हमें पुख्ता जानकारी मिली है कि आपने करोड़ों रुपये छिपा कर रखे हैं जो आपकी आमदनी से बहुत अधिक हैं, कृपया बताये वे पैसे कहाँ हैं?"

स्वर्णकार ने भोंड़ी–सी एक्टिंग करना शुरू किया और कहा–"ये आपसे किसने ग़लत–सलत कह दिया, मेरे पास कोई करोड़ों रुपये नहीं हैं।"

"मिस्टर स्वर्णकार, हम लोग बिना सही जानकारी के किसी के घर छापा नहीं मारते, आप सही–सही बताते हैं या हम लोग तोड़फोड़ शुरू करें?" चन्द्रभूषण मिश्रा ने कहा।

तब दोनों हाथ जोड़ते हुए स्वर्णकार ने कहा– "मैं बिल्कुल झूठ नहीं बोल रहा हूँ मेरे यहाँ कोई करोड़ों रुपये नहीं हैं।"

"देखिये मिस्टर स्वर्णकार अगर आप सच बता देंगे तो हमें तोड़–फोड़ की ज़रूरत नहीं पड़ेगी और आपका ज़्यादा नुक़सान नहीं होगा। अन्यथा हम पूरा घर तहस–नहस कर डालेंगे।" चन्द्रभूषण मिश्रा ने कहा।

अब हमेशा से ऐंठे हुए स्वर्णकार ने गिड़गिड़ाना शुरू किया और कहा– "कोई मुझे झूठा फँसाने की कोशिश कर रहा है साहब, वास्तव में मेरे पास कोई पैसा नहीं है।"

अब चन्द्रभूषण मिश्रा ने उसे जलती आँखों से देखा, फिर अपने मातहतों से कहा– "देखो इनके बाथरूम की दीवारों की टाइल्स तोड़ना शुरू करो वहाँ पैसे मिलेंगे।"

"ये आपसे किसने कह दिया कि वहाँ पैसे मिलेंगे।" स्वर्णकार फिर गिड़गिड़ाया।

"ये आपके ड्राइवर ने हमें बताया कि आपने पुराने टाइल्स तोड़कर नये टाइल्स ख़ुद लगाये। ड्राइवर को शक हो गया था कि मिस्त्री की जगह आप टाइल्स ख़ुद क्यों लगा रहे हैं। फिर उसने आपको पैसे रखते देखा।" चन्द्रभूषण मिश्रा ने कहा। फिर रुककर अपने मातहतों से कहा– "दीवारों के अन्दर गड्ढे करके इन्होंने पैसे रखे हैं उन्हें जल्दी निकालो।"

दीवारों की तोड़–फोड़ होने लगी और पैसे बाहर आने लगे। पूरे पैसे जो हज़ार–हज़ार के नोट की गड्डियों में थे, वे कुछ ही देर में बाहर निकल आये। फिर उन्हें गिनने का काम शुरू हुआ। इसी बीच स्वर्णकार ने कई बार मुख्यमन्त्री चितरंजन सिंह को फ़ोन लगाया पर सिर्फ़ घण्टी बजती रही किसी ने फ़ोन नहीं उठाया। छापे की कार्रवाई का पता चितरंजन सिंह को भी लग चुका था।

अपने ड्राइंग रूम में स्वर्णकार अब सिर पकड़कर बैठा था। बग़ल में उसकी पत्नी सिसकते हुए बैठी थी। दो अन्य कुर्सियों पर उसके दो जवान बेटे हतप्रभ से बैठे थे। पूरा घर रुदन में बदल गया था।

तब तक बाहर उजाला होने लगा था। घटना घर से बाहर निकलकर चारों दिशाओं में फैलने लगी थी। धीरे–धीरे बाहर बँगले

के चारों तरफ़ भीड़ जमने लगी थी। वहाँ से जो कोई भी हटता वह दूर तक ख़बर को फैलाते जाता।

सुबह के साढ़े छह बजे थे और उइके उठा नहीं था। उसके बेडरूम में रखे लैण्ड लाइन फ़ोन की घण्टी ने बजना शुरू किया। न चाहते हुए भी उइके ने उठकर फ़ोन उठाया, दूसरी ओर से उसका एक मातहत बोल रहा था– ''मैं श्रीवास्तव बोल रहा हूँ सर, आपको पता है कि नहीं, स्वर्णकार साहब के बँगले पर लोकायुक्त का छापा पड़ा है, सुना है उनके बाथरूम से बारह करोड़ रुपये मिले हैं...।''

सुनकर उइके के भीतर ख़ुशी का एक तूफ़ान उठा; जिसे उसने भरसक दबाते हुए कहा– ''क्या कह रहे हो श्रीवास्तव, क्या यह सच है?''

''सर आपके बँगले के बाद दो बँगले छोड़कर ही तो उनका बँगला है। आप ख़ुद बाहर निकल कर देख सकते हैं, मैं तो मॉर्निंग वॉक के लिए निकला तो ख़ुद देखकर आया।'' श्रीवास्तव ने कहा।

''अच्छा ठीक है, मैं देखता हूँ'' कहकर उइके ने फ़ोन रख दिया। फिर वह तेज़ी से बाहर आया और सड़क पर खड़े होकर स्वर्णकार के बँगले की ओर देखा, वहाँ बहुत भीड़ लगी हुई थी। वह फुर्ती से बाहर से भीतर आया और लैण्ड लाइन से चेयरमैन को फ़ोन लगाया और चेयरमैन के फ़ोन उठाने पर कहा– ''सर सेक्रेटरी महोदय के बँगले पर लोकायुक्त का छापा पड़ा है।''

चेयरमैन ख़ुद हड़बड़ाये हुए थे। उसी हड़बड़ाहट में कहा– ''मुझे भी ख़बर मिली है, आप ठीक कह रहे हैं। देखिये मामला बहुत गम्भीर है, स्वर्णकार ने हम लोगों की नाक कटवा दी है। हमें कुछ एक्शन लेने होंगे, आप जल्दी मेरे ऑफ़िस पहुँचें, मैं भी आ रहा हूँ।''

सुनकर उइके की ख़ुशी दोगुनी हो गयी उसने फ़ौरन कहा– ''पहुँचता हूँ सर।''

उसने बिना नहाए–धोये और बग़ैर नाश्ता किये निकलने की तैयारी शुरू कर दी पर उसने निकलने से पहले एक ज़रूरी काम निबटाना बहुत ज़रूरी समझा। उसने मोबाइल उठाया और विक्रम सिंह को फ़ोन लगाया।

इससे पहले कि वह कुछ कहता दूसरी ओर से आवाज़ आयी– "बहुत–बहुत बधाई हो उइके साहब, आपका काम हो गया।" उधर से विक्रम सिंह बोल रहा था। उसे भी तड़के ही ख़बर मिल गयी थी।

"अच्छा–अच्छा। आपका बहुत–बहुत शुक्रिया सिंह साहब। अभी–अभी चेयरमैन साहब ने बुलाया है इसलिए जल्दी में हूँ, मैं शीघ्र ही आपसे मिलता हूँ।" उइके ने कहा।

"ठीक है, ठीक, ज़रूर मिलिए, आपसे मिठाई भी खानी है।" विक्रम सिंह ने कहा।

"ज़रूर, ज़रूर" कहते हुए उइके ने फ़ोन काट दिया।

क़रीब आधे घण्टे बाद वह चेयरमैन के ऑफ़िस में उनके सामने बैठा था।

चेयरमैन ने उससे कहा– "देखिये उइके जी मैं स्वर्णकार को सस्पेंड कर रहा हूँ और उनका सेक्रेटरी का चार्ज आपको दे रहा हूँ। सबसे पहले आप बिजली मज़दूर संघ के नेताओं से बात करके उनकी उचित माँगों को मानकर हड़ताल ख़त्म करवाइए और सेक्रेटरी पद को सम्हालिए, मैं अभी आपको आदेश की प्रति भिजवाता हूँ। आपकी कोई राय है तो बताइये।"

उइके क्या राय दे सकता था, और कोई राय देना ज़रूरी नहीं था क्योंकि चेयरमैन के कहे में उसके लिए ख़ुशियाँ ही ख़ुशियाँ थीं। उसने फ़ौरन चेयरमैन से कहा– "नहीं सर सब ठीक कर रहे हैं आप, कुछ कहने की ज़रूरत ही नहीं है।"

"ओ के, आप जाइये और स्वर्णकार के चैम्बर को खुलवाकर वहाँ बैठिए और बिजली मज़दूर संघ के नेताओं को बुलाइये, आज हड़ताल नहीं होनी चाहिए।

उइके ने खड़े होते हुए मुस्तैदी से कहा– "जी सर, जैसी आपकी आज्ञा।"

उइके जब चेयरमैन के चैम्बर से बाहर निकल कर चल रहा था तो बुरी तरह डगमगा रहा था। दरअसल वह ख़ुशी से नहाया हुआ था और उसका तन्त्रिका तन्त्र उसे झिंझोड़ रहा था।

चन्द क़दमों बाद वह सेक्रेटरी के ऑफ़िस पहुँचने वाला था। उसने रास्ते में देखा, चारों ओर गहमा–गहमी थी। अभी सुबह के केवल नौ बजे थे पर लगता था जैसे ऑफ़िस पूरी तरह लग चुका था। सेक्रेटरी के चैम्बर के बाहर जो चपरासी खड़ा था उसने उसे सेक्रेटरी बनने के लिए बधाई दी और झुक कर सलाम किया और स्वागत करते हुए सेक्रेटरी के चैम्बर का दरवाज़ा खोल दिया। सेक्रेटरी के चेयर पर बैठते हुए उइके को अभूतपूर्व गर्व हो रहा था। उसे लग रहा था वह जहाँ के लिए चला था वहाँ पहुँचने में देर नहीं है।

उसने अपने आपको थोड़ी देर में सहज किया फिर घण्टी बजाई। चपरासी जब अन्दर आया तो उसने कहा– "देखो पी.ए. आ गया है क्या?"

"जी सर आ गये हैं।"

"तो बुलाओ उसको।" उइके ने कहा।

पी.ए. जब अन्दर आया तो उइके ने उससे कहा– "देखो, सबसे पहले मेरे सेक्रेटरी का चार्ज लेने के पेपर्स तैयार करो और बिजली मज़दूर संघ के सीतारमण को तुरन्त मुझसे मिलने कहो। चेयरमैन ज़रूरी आर्डर्स अभी भेज रहे हैं।... ठीक है।"

"ठीक है सर।" पी.ए. ने कहा और बाहर हो गया।

इस बीच टेबिल पर रखी कुछ फ़ाइलों को उसने पलटना शुरू किया। उसने पाया कि न तो फ़ाइलें अर्जेंट थीं न किसी काम की थीं इसलिए उसने किनारे सरका कर रख दिया। अभी भी वह पूरी तरह ख़ुशी के कारण स्थिर नहीं हो पाया था। वह चाहता था कि सीतारमण के मिलने के पहले वह पूरी तरह सहज हो जाये। बहुत मेहनत से उसने यह किया तब तक सीतारमण के पहुँचने की ख़बर चपरासी दे गया। उसने चपरासी से सीतारमण को फ़ौरन अन्दर भेजने को कहा। लगभग दो मिनट बाद सीतारमण अन्दर आया। आते ही उसने नतमस्तक होकर नमस्कार किया फिर बेहद गर्मजोशी से हाथ मिलाते हुए कहा– "बधाई साहब, बहुत–बहुत बधाई, कमाल हो गया साहब अब आप सेक्रेटरी हो गये हम लोगों के काम अब होने लगेंगे।

लगभग खिलखिलाते हुए उइके ने कहा– ''बहुत–बहुत शुक्रिया, सीतारमण जी, अब हम सबको मिल–जुलकर काम करना है। अब आप फ़ौरन हड़ताल वापिस लेने की घोषणा करें क्योंकि आपकी सारी माँगें मान लेने की घोषणा मैं करता हूँ।''

''और साहब वो जो पाँच लोगों को बर्खास्त किया है उसका क्या करना है?'' सीतारमण ने पूछा।

''उनका क्या करना है, वह बाद में देखते हैं, अभी तो आप हड़ताल वापिस लेने की घोषणा करें।''

''जी साहब, करता हूँ, पर वो पाँच लोगों का कल्याण आपके हाथों हो जाना चाहिए।'' सीतारमण ने कहा।

''कहा ना, आगे देखते हैं, आप उन्हें कोर्ट में जाने को कहें, पार्टी स्वर्णकार को बनायें क्योंकि वीडियोग्राफी के आदेश उन्होंने निकाले थे।'' उइके ने फ़ौरन कहा।

''ठीक है साहब मैं चलता हूँ सबको ख़बर करनी है कि हड़ताल वापिस ले ली गयी है। तब तक आप साहब सब ऑर्डर करें।'' सीतारमण ने कहा और चैम्बर से बाहर हो गया। उस वक़्त सुबह के साढ़े नौ बज चुके थे।

पाँच मिनटों बाद उइके के सेक्रेटरी बनाये जाने के आदेश की प्रति उइके को मिल गयी। वह खुश होकर सोचने लगा कि अब उसकी चेयरमैन बनने की राह में कोई रोड़ा नहीं है। उसका सपना शीघ्र पूरा होने वाला है।

स्वर्णकार के बँगले पर छापा पड़ने की ख़बर आग की तरह पूरे प्रदेश में फैल चुकी थी और यह भी कि उइके को नया सेक्रेटरी बनाया गया है। उइके के पास अख़बारों और इलेक्ट्रानिक मीडिया से फ़ोन आने शुरू हो गये थे। कोई पूछ रहा था कि सेक्रेटरी बनने के बाद आपकी प्राथमिकता क्या है? सेक्रेटरी के घर लोकायुक्त का छापा पड़ने के बाद आपको सेक्रेटरी बनने को लेकर आप अपने भविष्य के बारे में क्या सोचते हैं? कोई पूछ रहा था कि स्वर्णकार गले तक भ्रष्टाचार में डूबे थे और आप लोगों को पता कैसे नहीं चला?

स्वर्णकार के विरुद्ध कौन–कौन से चार्जेस लगाये जा रहे हैं, इत्यादि–इत्यादि।

उइके के पास सभी प्रश्नों के जवाब नहीं थे इसलिए वह बड़ी चतुराई से सबको टरका रहा था। इस अर्थ में वह पहले ही दिन प्रशिक्षित हो गया था। इस तरह के सभी कामों से फारिग होकर, वह बहुत प्रसन्न और निश्चिन्त बैठा था। लंच टाइम होने पर वह उठा और घर की ओर चला। उसका घर उसका स्वागत करने को तैयार खड़ा था। उसकी दो लड़कियाँ थीं जिन्होंने उसे बुके पकड़ाकर बधाई दी तो वहीं पत्नी ने गले लगाते हुए उसकी आरती उतारी। पत्नी उसकी हसरत को जानती थी इसलिए उसने उतावलेपन में पूछ ही लिया– "अब आप तो चेयरमैन बन जाओगे न?"

"हाँ भाई निश्चिन्त रहो" कहकर वह बाथरूम में चला गया।

थोड़ी देर बाद वह नहा–धोकर निकला तो अपने आपको तरोताजा महसूस कर रहा था। आज का दिन उसके जीवन का ऐतिहासिक दिन था। भोजन करने जब वह डाइनिंग टेबिल पर बैठा तो उसने महसूस किया कि उस दिन के भोजन का स्वाद अभूतपूर्व है।

उसके भीतर तब भी एक उतावली थी इसलिए वह घर में ज़्यादा देर नहीं रुका और जल्दी ही तैयार होकर ऑफ़िस के लिए निकल पड़ा। सड़क पर ही उसकी कार खड़ी थी और ड्राइवर स्वर्णकार के बँगले की ओर देख रहा था। वहाँ अब भीड़ कम हो गयी थी। एक नज़र उसने भी स्वर्णकार के बँगले की ओर डाली और ड्राइवर से चलने को कहा। जब वह पुनः ऑफ़िस पहुँचने को था तब तक स्वर्णकार को उसका सस्पेंशन आर्डर पहुँच गया था। वहाँ लोकायुक्त की कार्रवाई समाप्त होने वाली थी।

क़रीब तीन बजे उइके ऑफ़िस पहुँच गया था। उसकी मनःस्थिति में बदलाव नहीं आ पा रहा था, वह ख़ुशी से डूबा हुआ था। वह एकाग्र नहीं कर पा रहा था अपने आपको। जो कुछ दिनों पूर्व स्वर्णकार की स्थिति थी वही उसकी होने जा रही थी। वह अपने आपको वहाँ से हटाना चाह रहा था पर हटा नहीं पा रहा था।

वह अपनी मनःस्थिति को बहुत अच्छी तरह समझ रहा था पर परिस्थिति के आगे बेबस महसूस कर रहा था। अपने भीतर ऐसा परिवर्तन वह पहली बार महसूस कर रहा था। वह अच्छी भी लग रही थी पर वह उससे उबरना भी चाह रहा था। ख़ुशी अपने–आप में उबरने की राह में रोड़ा बनकर खड़ी थी। कोई विश्वास नहीं करेगा पर उड्के ने भी जेम्स बांड वाली वह फिल्म देखी थी जो स्वर्णकार ने देखी थी। सेक्रेटरी बनने के बाद उसके रसायन में भी वही क्रियाएँ होने लगीं जो स्वर्णकार के रसायन में हुई थीं जब मुख्यमन्त्री से उसे चेयरमैन बनने का आश्वासन मिला था।

वह ख़ुशी से उबरने के प्रयासों में था तभी उसे पहली बार महसूस हुआ कि उसके सामने वाली दीवारों पर बड़ी–बड़ी स्क्रीन्स उभर रही हैं और उन स्क्रीन्स पर उसका विशालकाय मुस्कुराता चेहरा उभर रहा है और दुनिया को जीत लेने का हर्ष उसके चेहरे पर उभर रहा है। वहाँ उसका चेहरा अत्यन्त मोहक होता जा रहा है और वह अपने नहीं बल्कि चेयरमैन के चैम्बर में बैठा है।

वह ख़ुशी से उबरना चाह रहा था पर दीवारों पर स्क्रीन्स का उभरना उसकी ख़ुशी का चरम था यह उसे समझ नहीं आ रहा था और वह अपने ही मोह में फँस चुका था। यह बात उसे बिल्कुल पता नहीं थी कि ये सब कुछ स्वर्णकार के साथ भी हुआ था। स्वर्णकार ने इसे गोपनीय रखा था और इसे गोपनीय रखना है यह बात उड्के को भी समझ आ रही थी। यहाँ भी इतना गोपनीय कि पत्नी को भी नहीं बताना है। इस पर भी कोई शायद ही विश्वास करे कि उसे भी न जाने कैसे पीछे गड़ना शुरू हो गया था जबकि पहली बार की इस गड़न को वह समझ नहीं पा रहा था। उसे विश्वास था कि वह इसको समझ लेगा। उसे सिर्फ़ प्रतीक्षा की ज़रूरत थी। प्रतीक्षा को साधना बहुत ज़रूरी थी जिसके प्रयास में भी वह लग चुका था। शाम को वह फारिग होकर निकला तो अपनी कार में बैठते ही विन्ड स्क्रीन भी अपने चेहरे के साथ उसे नज़र आ रही थी। वह पीछे बैठा था इसलिए उसने कार से अपना चेहरा बाहर निकालकर रियर व्यूह

मिरर की तरफ़ देखा, वहाँ भी उसे अपना चेहरा नज़र आ रहा था। यह बहुत मजेदार खेल था और उसे मजा आने लगा था।

उधर एक दिन के सस्पेंशन के बाद दूसरे दिन स्वर्णकार की बहाली हो गयी थी पर उसे चीफ़ इंजीनियर का पद दिया गया था। उसे कोई कार्य आवंटित नहीं किया गया था। महीने भर का समय गुज़रने के बाद वह कैसा महसूस कर रहा था इससे किसी को कोई मतलब नहीं था। उसके ही घर में उसे किस तरह जलील होना पड़ रहा था यह भी कोई नहीं जानता था। वह घनी दारुण स्थिति में था और कहीं मुँह दिखाने लायक नहीं रह गया था। उसके ऊपर कई केस लग चुके थे। वह क्षीणकाय हो चुका था। अविश्वसनीय है कि पन्द्रह दिनों में उसका दस किलो वजन कम हो गया था। उसके भीतर जाये बग़ैर उसको कोई समझ नहीं सकता था और भीतर कोई जा नहीं सकता था। किसी के जाने की इच्छा भी नहीं थी। ऐसी इच्छा पुरातनकालीन थी जिसे लोग अब नहीं जानते थे।

उस दिन जब छापा पड़ा था तब शाम को चेयरमैन और उइके उसके बँगले पर जाकर उसे सांत्वना देने की कोशिश कर आये थे पर वह केवल बिलखता रहा था। उसकी जुबान से एक भी शब्द नहीं निकला था। अब वह सिर्फ़ कोर्टों के चक्कर लगाने लायक रह गया था। और कुछ दिनों बाद उसे कोई पहचानता भी नहीं था। उसके शरीर से सूट–बूट उतर गया था और वह बेहद साधारण से कपड़ों में घूमता रहता था। उसके पैरों में सदा के लिए स्लीपर चप्पलें आ गयीं थीं। उसने अख़बार पढ़ना छोड़ दिया था। उसके बँगले में छापे के दूसरे रोज़ अख़बारों ने बैनर न्यूज़ में उसके बारे में और छापे के बारे में ख़ूब छापा था, उसे भी उसने नहीं पढ़ा था। तब से लेकर फिर कभी उसने अख़बार उठाकर नहीं देखा था। जबकि अख़बार उसके बारे में, उसके ऊपर लगाये गये केसों के बारे में रोज़ ही कुछ न कुछ प्रकाशित करते रहते थे। वह बेहद अकेला पड़ गया था, यहाँ तक कि उसका परिवार भी उसके साथ नहीं था।

फिर सम्भवतः डेढ़–दो महीने बाद एक दिन अख़बारों में बेहद विस्फोटक और त्रासद समाचार छपा कि उसने पिछली रात कनपटी पर अपनी पिस्तौल लगाई और गोली दागकर आत्महत्या कर ली। इसका दूसरा अर्थ यह भी हुआ कि अपने ऊपर लगाये सारे केस वह हार गया।

उसकी आत्महत्या के कारणों को लोग अपनी–अपनी समझ से समझते रहे। किसी ने ज़ोर डालकर समझने की कोशिश नहीं की। यहाँ तक कि उसकी कम्पनी के बड़े–बड़े अधिकारियों ने या कर्मचारियों ने भी नहीं।

वर्तमान चेयरमैन अब बिल्कुल रिटायर होने की कगार पर थे, उन्होंने भी उसकी आत्महत्या के बारे में कुछ विचार नहीं किया। ठीक इसके एक हफ्ते बाद उइके राजधानी में प्रदेश के मुखिया मुख्यमन्त्री चितरंजन सिंह के चैम्बर में बैठा था। वह अपने बँगले से वहाँ तक पीछे की बेहद तकलीफ़देह गड़न के साथ पहुँचा था और मजेदार बात थी कि वह अपनी कार की विंड स्क्रीन से लेकर ट्रेन के शीशों तक अपना मुस्कुराता चेहरा देखते आया था। उसके आने की ख़बर पर चितरंजन सिंह खिलखिला कर हँस पड़ा। उइके को बिल्कुल मालूम नहीं था कि उसके पहले स्वर्णकार भी वहाँ ऐसे ही पहुँचा था। अगर मालूम हो गया होता तो ऐसा कैसे होता?

❑❑